嘘，HUSH, DEAR BAIZE'S 白泽大人的秘密

SECRETS

凉桃 著

天津出版传媒集团

天津人民出版社

图书在版编目（ＣＩＰ）数据

嘘，白泽大人的秘密 / 凉桃著. —— 天津：
天津人民出版社, 2014.12（2020.3重印）
ISBN 978-7-201-09048-1-01

Ⅰ.①嘘… Ⅱ.①凉… Ⅲ.①长篇小说 – 中国 – 当代
Ⅳ.①I247.5

中国版本图书馆CIP数据核字(2014)第306257号

嘘，白泽大人的秘密
XU,BAI ZE DAREN DE MIMI
凉桃 著

出　　版	天津人民出版社
出 版 人	刘　庆
地　　址	天津市和平区西康路35号康岳大厦
邮政编码	300051
邮购电话	（022）23332469
网　　址	http：//www.tjrmcbs.com
电子信箱	reader@tjrmcbs.com
责任编辑	玮丽斯
装帧设计	兜　兜
制版印刷	三河市华东印刷有限公司印刷
经　　销	新华书店
开　　本	660毫米×960毫米　1/16
印　　张	16
字　　数	182千字
版权印次	2015年1月第1版　2020年3月第2次印刷
定　　价	42.80元

目录
CONTENTS

HUSH, DEAR BAIZE'S SECRETS

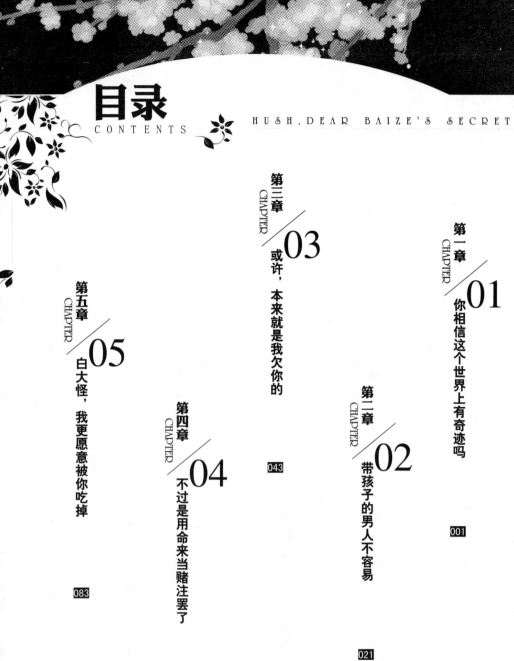

目录
CONTENTS

HUSH, DEAR BAIZE'S SECRET

第一章
CHAPTER
/01
你相信这个世界上有奇迹吗

夜晚，韩国首尔。

"不是吧！你真的得到了……这可是好东西啊！能增强……到那时候，你就……什么时候我也能有这样的好运气啊！不过就算有，估计我也没那个胆，以……作为赌注……"

站在吧台的洗水槽旁，我一边洗着咖啡杯，一边伸长耳朵听着靠窗边那桌人的对话，可惜他们总是在关键的时候把声音压低，所以我也只能断断续续听到一点内容。

不过，作为一名大学生，我可不是喜欢八卦的女生哦，我这么做的原因，纯粹是对说话的主角感兴趣。

"小语，再帮我加杯咖啡。"谈话者之一的主角毕方拿着空咖啡杯扬了扬，冲我露出大白牙。

他有一头黑色的短发，浓眉大眼，身材健硕，再配上满脸络腮胡，明明才二十多岁，看起来却跟三十几岁的大叔一样，这样的人……当然不可能是我卫不语关注的主角啦！

"知道了，知道了，毕大叔，麻烦你有空的时候把那一脸胡子剃一剃吧，每次你胡子上的咖啡都会沾到杯子上，很难洗的，你知不知道。"

我拿着温热的咖啡壶往毕方的方向走去，眼睛却一眨也不眨地盯着坐在他对面的人。

对！这个人才是我偷听的原因！他就是我的店长，这间咖啡店的主人——白泽。

"小语说得没错，你这一脸胡子，不仅害得我们家小语洗杯子费力，还容易吓到那些年轻的小姑娘。"

说话的人有着一头黑绸般的长发，红色的丝带将长发低低绑在脑后，五官精致，一双桃花眼，眼尾微微上扬，有着说不出的慵懒贵气。

"毕大叔，你们刚才在聊些什么呢？"

"都是些男人的话题，你一个小女生打听什么。"

哼！什么小女生，这个毕方明明就是为了找回刚才的面子！不过我也有"绝招"。

"店长……"毕方话音才落，我立马可怜兮兮地望着相貌英俊的店长白泽，无比委屈地叫道。

果然，毕方一见我这个样子就慌了，连忙放下咖啡杯对我笑得一脸殷勤。

要知道虽然我斗不过他，但是在店长面前，毕方不过是只Hello Kitty（凯蒂猫）。

"毕方！小语可是我的人！"白泽收起嘴边的笑容，佯怒道。

听到店长那句"我的人"，我只觉得脸上一阵发烫，躲闪的目光不经意扫到面前的玻璃窗，愣了愣。

光洁的玻璃窗上映着一位短发女生，女生的头发有些偏黄，短短的刘海儿只遮住了额头的一半，露出颜色偏浅的眉毛，而眉毛下则是一双单眼皮眼睛，漆黑的瞳孔里闪烁着细碎的光芒。

这个女生就是我——怎么看都很普通的我。

"哎哟！小语，我错了，求求你原谅我这一回吧！"听到白泽的"威胁"，毕方向我求饶。

哈哈！不得不说，有靠山的感觉太好了！

　　"小语，你也太偏心了，不过看在你为我倒过咖啡的分上，我劝你还是离白泽远点，免得当你看清他的真面目时——"

　　我瞪大眼睛等毕方继续往下说，因为我也很好奇店长除了"咖啡店老板"的身份，还有什么背景，可毕方却在关键的地方停了下来。

　　看着毕方故作神秘的样子，我脑海中闪过无数个关于店长身份的猜想，什么"暴露狂""通缉犯"等，不过这一切都在我再次看向店长后，立马被抛出脑海。

　　一身白色休闲装不沾丝毫灰尘，放在椅子扶手上的手，指甲修剪得干净整齐，再加上那张总是挂着淡淡笑容的脸，白泽整个人似乎都沐浴在圣洁的光芒里。这样的人，分明就是天使！

　　"毕大叔，你这是嫉妒！我们家店长才不是什么坏人呢！你别想挑拨我跟店长的关系！"说完，我还往店长身边移了移，以示我坚定的立场。

　　"小语说得没错。"白泽听了我的话，心情颇好地笑了笑。霎时，我觉得整个天地都失去了颜色。

　　这天晚上，我在征得店长同意后，为了给我的好闺密唐佳佳庆祝生日，在咖啡店开了场"两人派对"。

　　"卫不语，你们家男神呢？"按照约定的时间到达咖啡店，刚推开门唐佳佳就大叫道。

　　绑着马尾辫的女生可爱得像个洋娃娃，身上穿着粉红色的连衣裙，裙身缀满了蝴蝶结和蕾丝，脚上是一双白色高筒袜，穿着粉色皮鞋。此时此刻，唐佳佳整个人都是粉红色的……不用想，这一定是唐妈妈的杰作。我对此早就习以为常了。哦，顺带一提，唐佳佳家还有一座葡萄酒庄园。

　　"他当然有事去忙啦，难道你以为我们店长像你这么闲吗？"

　　"啊？不是吧！我还想趁着这个机会，好好看看把你迷得神魂颠倒的

人长什么样呢！"

"行啦，有的是机会。"

"我说你就不能拍张照片给我看吗？"

"那可不行！像店长这么有气质的人，怎么能用偷拍这么下流的手段呢！"

"那就不偷拍，来张正面照呗！"

"我……我不敢。"

拍正面照？给店长？这种事光是想想我就双手打战。万一让店长看出我喜欢他，以后远离我怎么办？

就在唐佳佳一副"恨铁不成钢"的眼神盯着我时，挂在门口的风铃"丁零零"地响了起来。

"请问哪位是卫不语小姐？"戴着红色帽子的小哥站在门口礼貌地问道。

"我是卫不语，请问有什么事吗？"

"今天下午一位叫白泽的先生在我们店订了个蛋糕，说是让您签收，转送给您的朋友，祝她生日快乐。"

听到帽子小哥的话，我和唐佳佳对视了一眼，都在对方的眼中看到了震惊。

等到帽子小哥走了之后，唐佳佳立即打开了盒子。

白色的奶油层层铺开，足有三层，每一层的边缘都点缀着紫色的奶油花朵。花与花之间还连接着粉色"丝带"，"丝带"上更是点缀着七彩的巧克力豆。蛋糕顶部站立着两位可爱的"小天使"，天使身边摆放着各种形状的巧克力，空白的地方用红色的果酱写着"生日快乐"几个字。

"哇！小语，看不出你这位店长还挺贴心的，这种蛋糕一看就是特意

交代过的，怪不得你对他这么着迷，嗯，手段确实高明！"

"什，什么叫手段高明，你别乱说。"看着唐佳佳一副"相亲亲友团"成员的模样，我忍不住脸红了。

"好啦，好啦，这里就我一个，你害羞什么。对了，这次生日我爸爸送了我两瓶红酒！"

"两瓶？我们喝不完吧？"

"那就先开一瓶，剩下的放在你家。我连杯子都自己带来了。"说着，唐佳佳又拿出两个高脚杯。

看着唐佳佳早就准备好的玻璃杯，我满脸欣慰。

唐佳佳这丫头，平常看着傻乎乎的……哦，不，是大大咧咧的，这次竟然想得如此周到。幸亏她早有准备，要不然我们只能用咖啡杯了。用咖啡杯喝红酒……想想就有种用碟子泡方便面吃的感觉。

一切准备完毕，等到唐佳佳要切蛋糕的时候，我脑海里突然浮现出店长轻声细语交代店员如何制作蛋糕的场景，霎时，只觉得心头一阵发热，有些舍不得吃了。然而我这个念头刚冒出来，唐佳佳就一刀从可爱的天使身上切了下去。

"哎！你还没许愿呢！"看到唐佳佳"残忍"的一刀，我赶紧拉住她的手阻止道。

"许愿？"听了我的话，唐佳佳眨眨眼，一脸坏笑道，"我要是许愿说希望相貌英俊的店长是你亲哥哥，你答应吗？"

什么……

"你答应我就不切了，我还把这个蛋糕供起来！怎么样？"

看着唐佳佳脸上兴奋的表情，我只觉得额角的青筋"突突"直跳，然后握着她的手，一刀切到底！

这个"恶毒"的女人啊！情人节祝全天下有情人都是失散多年的亲兄妹就算了，现在竟然连我也不放过！我求求老天爷，赶快派个人收了她吧！

接下来的时间，我和唐佳佳开始一件一件数着我们小时候的糗事。每一年我们都会这么做，然后在不知不觉中，蛋糕被吃光了，红酒也见底了。

我看向唐佳佳，诧异地说道："佳佳，你怎么变成两个了？"

"两个？你才两个呢！我说卫不语，你是不是醉了？"唐佳佳指着旁边跟我差不多高的大盆栽说道。

"嘿嘿！没想到这红酒还蛮好喝的，我要去找个杯子给店长留一点。"不理会继续对着植物高谈阔论的唐佳佳，我往吧台走去。

虽然我觉得用咖啡杯装红酒很奇怪，可眼下也没有其他杯子，就在我准备倒酒的时候，突然瞟到壁橱的角落里有个很小的玻璃杯，并且还盛着半杯红色的液体。

我端起杯子，放在鼻尖下嗅了嗅，没闻出什么味道，又尝了尝里面的液体。

"奇怪，什么味道都没有，一点都不好喝，还是佳佳带来的红酒好喝。"

我一口喝掉杯中的红色液体，倒满红酒，然后将杯子放好。

当我走回唐佳佳身边的时候，她正举着手机鬼哭狼嚎。我凑过去看了眼她手中屏幕发亮的手机。手机上显示的是我们"四叶学院"的帖吧，此时一张男生的照片占据了大半个屏幕。

这个男生名叫苏麒，跟我和唐佳佳同校同年级，人称"神龙见首不见尾"，但是"一见尾"就会迷倒一大片女生。

"小苏麒啊！你绝对不是故作冷酷，对不对？难道他们都没看出来，你冷酷的外表下，其实隐藏着一颗柔软的心！"

这个男生有着一头黑色的短发，鬓角剃得很干净，整个人看起来很利落，只不过配上疏离的眸子和紧抿成一条线的唇，说好听点，叫"冰山美男"，说不好听点，叫"不近人情"。无论我怎么看都没看出来，他那冷酷的外表下，到底在哪儿隐藏了一颗柔软的心。

"两人派对"结束了，唐佳佳是被唐叔叔接回去的，看着唐叔叔对佳佳的关心，我忍不住想起了去世的父母。

是的，我的父母在我小时候因为一场车祸去世了。出事的时候，我也在车上，但是幸运地活了下来，从此跟外婆生活在一起。不过我的生活也没有惨到像"卖火柴的小女孩"那样，因为父母留下的钱足够支撑我完成学业。至于去咖啡店打工，也只是因为我想磨炼磨炼自己。

都说宿醉很难受，虽然我昨晚喝得不多，但是第二天醒来的时候，头还是有些昏沉。

"小语，吃早餐了，你今天不是还要去咖啡店打工吗？"餐桌旁，外婆一边盛粥一边对我说道。

"谢谢外婆！"接过外婆递来的碗，我又顺手抓起桌上的包子笑道。

"哎！你怎么又用手抓，这么大的人了，也不讲究卫生，看以后谁敢娶你！"

"外婆！我还小呢！说什么娶不娶的。"听到外婆的话，我瞬间想到店长那张英俊的脸，只觉得脸上一烫。

"还小？像你这个年纪，在我们那时候都当孩子他妈了。"看到我忸怩的样子，外婆哈哈大笑，完全没有放过我的意思。

我自认斗不过外婆，也不敢斗，只得三下五除二吃完早餐便往咖啡店走去。

当我到达咖啡店的时候，店里已坐着三三两两的客人。隔着玻璃门，想着马上就能见到店长，我的心忍不住怦怦直跳。

此时的我万万没想到，我原本平静的生活，将在今天发生翻天覆地的变化……不对，不是今天，其实昨天就已经埋下一颗不寻常的种子。

"啊呀呀！今天也这么早啊！小语！"

我正想入非非，思绪突然被身后一个吊儿郎当的声音打断。

这么不正经的声音，我不用回头也知道是谁。

"毕——大——叔！"我一字一字道，"你不知道人吓人是会吓死……"

伴随着我咬牙切齿的话，我缓缓转过头。然而，看到毕方时，我险些将眼珠子瞪出来，说了一半的话也卡在了喉咙里。

"怎么了？干吗话说一半不说了？小语，你这么瞪着我，难道是发现我比白泽那虚伪的小人帅气？"见我半天没反应，毕方昂首挺胸，摆出各种姿势。

我清清喉咙，收起震惊，打断他的自恋举动："毕大叔啊，你说你也老大不小了，你这样……"说着，我上下打量了他一遍，"也太浮夸了吧！"说完，我拍拍他的肩，也不等他回答，便抬脚往店里走去。

不是我不听他解释，而是我怕他不好意思，毕竟……毕竟全身上下，不只是头发，甚至连眉毛、胡子、汗毛都染成红色，毕方这是多渴望被人注意啊！这是被店长的光芒遮掩了多久，才绝地重生般将自己打扮成这副鬼样子啊！以前好歹是个大叔，没人主动搭理，现在恐怕是个人见了他，都要退避三舍！

我不知道店长有没有见到毕方这样。他们昨天是一起离开的，而全身染色可不是个小工程，难道是店长陪毕方一起去的？想着想着，我一抬头，刚好有位客人从店里出来。

"小语，早啊！"这是位熟人，一个三十多岁的上班族。

"谢叔叔早！"我回以甜甜一笑，只是这笑还没来得及收起来，我又差点把眼珠子瞪出来了！

被我称为谢叔叔的人，一身黑色西装，腋下夹着公文包，一头短发打理得十分干净，只是……只是他背上怎么背着一对翅膀？

天啊！这个世界怎么了？我现在已经不能用言语来形容自己的震惊了！毕方是自由职业者，浑身染成红色倒没什么，谢叔叔是要去公司上班的，怎么也打扮得这么……这么夸张呢！又不是去走T台秀，难道他不怕老板训话吗？

我还来不及跟谢叔叔求证，他便离开了。我一边暗骂自己杞人忧天，一边往店里走去。

虽然已经有了前车之鉴，但进了咖啡店后看到的情形，还是让我忍不住惊呼。因为在场十几个人，包括跟我一起工作的服务员，还有客人，全部没一个正常的！或者说是我不正常？难道今天是假面聚会？怎么大家都打扮得这么奇特？

"小语！你来啦！"首先跟我打招呼的是和我一起工作的小音姐姐。

小音姐姐比我年长，身材高挑，留着齐肩头发，此时她头上正顶着两个"猫耳"。猫耳不仅做工精致，偶尔还会动。

听到小音姐姐跟我打招呼，我加快步伐走了过去："小音姐姐，你今天打扮得这么特别，是有什么喜事吗？"

"什么喜不喜事，人小鬼大！"听了我的话，小音姐姐脸一红，伸手

理了理围裙下崭新的红色连衣裙。这时，她的手机响了起来。看了眼来电显示，小音姐姐脸上的红晕越加明显，跟我说了声"帮我招呼客人"，就跑到后面休息室去接电话了。

"看小音姐姐的样子，电话一定是她男朋友打来的，不是今天有约会吧？怪不得打扮得这么别出心裁……"看着小音姐姐离开的背影，我若有所思。

我趴在柜台上，扫视着造型各异的客人，渐渐没了原先的惊讶，有的只是无尽的好奇，因为我实在想不通今天是什么日子，为什么大家都化上妆了，而且妆容还十分逼真。

"小语，你怎么啦？有烦心事吗？"

轻柔的声音飘来。听到这声音，我立刻跟打了鸡血一样，瞬间直起身子，清脆地说道："店长！"

眼前的人依旧一身白衣，笑得让人如沐春风，只是那笑容让人看着看着便舍不得移开视线，像是被沼泽吸了下去，而且越挣扎，陷得越快。

看着白泽的脸，我有时候会想，明明是一副温柔无害的样子，为什么却又有着一种摄人心魄的魅力呢？真是矛盾啊！

"店长，"从上到下，从前到后，多番打量后，我发现只有他跟我一样"正常"，忍不住开口问，"今天是什么节日啊？"

"今天？今天不是什么节日呀。"白泽见我一直扫视着客人，便问："你在看什么？"

"你没发现今天来咖啡店的人都很怪吗？"

"怪？哪里怪？"

"你看靠窗那个，他的鼻子跟鼹鼠一样，那么长那么长……还有正在喝咖啡的那个，更离谱，脚上竟然穿着青蛙样式的鞋子，都这么大的人

了，还装可爱……"

看到那双青蛙鞋，我心里直吐槽，像我花一样的年纪都不敢这样穿，你一个几十岁的大叔竟然好意思！

"哦？还有呢？"

"还有……"

这时，门口的风铃"丁零零"响了起来。

看见门口那抹红色的身影，我立刻接道："还有就是毕方！他最夸张，竟然把全身上下都染成红色。店长，你怎么不阻止他？"

毕方一进门就见我指着他，眨巴着眼睛，一脸的疑惑。

"小语。"

"嗯？"

"你相信这个世界上存在着科学不能解释的事物吗？"

"相信啊！"我毫不犹豫地回答，这显然让白泽略微吃惊。看到他的表情，我就像得到表扬般再接再厉。

"UFO，外星人，不是争议很大吗？'宁信其有，勿信其无'，这是我外婆常讲的一句话，所以我才叫卫不语嘛！不语，取自'子不语怪力乱神'，当年孔子还教育弟子不要轻易评论鬼怪神魔，因为不知道是否存在，所以对于自己不知道的事或物，永远不要轻易评论和下结论。"

难得店长主动问我话，我恨不得把我学过的东西全部倒出来，借以证明我卫不语有着深厚的内涵，试图与满是书香气息的店长拉近距离。

听完我的话，白泽握拳掩唇，微微一笑。

"那你相信这个世界有异类吗？"

"这个嘛……虽然我说过，对于自己不知道的事或物，永远不要轻易评论和下结论，但异类嘛……这完全脱离了人类的生活啊，太夸张了。"

不知怎么，我总觉得随着我的话音落下，店长眼中的光芒似乎渐渐暗淡了下去。

"小语，这个世界远远没有你想得那样简单，不要把自己的思维固定在现有框架里，如果人人的想法都一样，老是跟随大流，那么就不会有牛顿，也不会有爱因斯坦，更加不会有社会的进步。"说完这番话，白泽笑着揉了揉我的头发，便向跟他打招呼的毕方走去。

而在原地发呆的我，直到小音姐姐接完电话回来，才回过神。

"小语，你在想什么呢？想得这么入神？"小音姐姐伸出手在我眼前晃了晃。

"啊，啊……"顺着小音姐姐的声音望去，我的目光不由自主地停在她头顶的猫耳上。

粉嫩的颜色，跟我平常看见的真正的猫咪一模一样，还有结构清晰的凹凸，黑色的毛发……看着看着，我突然觉得心里有些发毛，目光又落在小音姐姐被头发挡住的"正常的耳朵"的位置……或许，我只要拨开小音姐姐的头发，就能得到答案了……

但最终我还是没勇气去证实自己的猜想。

"不行！我一定要去搞清楚！不然迟早会把自己吓死！"次日坐在教室里，我决定今天一定要把事情搞清楚。

夕阳的余晖斜斜照到路边的灌木丛上，拉出一条长长的影子，轻柔的风拂过，鸟叫声偶尔响起，我稍稍放松下来。可这种放松也仅仅一会儿，因为当我到达咖啡店的时候，竟然发现店里空无一人。

我趴在门口观察了许久，终于下定决心走了进去，因为我现在急需一个真相来说服自己——店长不是异类！

我轻轻地推开门，尽量不发出声音，扫视了四周一圈后，发现休息室的门没关紧，便小心地走了过去。

"你说你跟青龙族后人打赌换来的'青龙兽血液'被小语当作红酒喝了？天啊！那东西可是你千辛万苦弄来增强力量的，她一个人类喝了会怎么样啊？"

"也没怎么样，就是能看见你一身红毛而已。"

休息室里，店长和毕方正在聊天。

而听到他们聊天内容的我，忍不住倒吸一口气，要不是我有先见之明捂住了自己的嘴巴，此刻一定叫出声来了。

我那天晚上喝的居然是一只什么兽的血，而不是红酒！

"什么？你说小语能看见我一身红毛？"

"嗯，她还看见了鼹鼠的鼻子、青蛙的脚掌。"

"你的意思是，她是因为喝了'青龙兽血液'，所以现在能看见非人类的本体形态？"

"不是全部的本体形态，只是部分而已。"

"我倒希望是全部，虽然我的本体是'火鸟'，可一身红色放到人类身上也太夸张了，怪不得她昨天说我太浮夸了……对了，那她看见你了吗？"

"当然没有，既然她只能看见部分，就说明'青龙兽血液'对她的影响不是很大，凭我的力量，想要隐匿自己的气息，就连你也发现不了。"

"行了行了，知道你厉害……"

"哐当！"突然，巨大的声音打断了休息室里两人的谈话。

完了！我管住了自己的嘴，却没管住自己的腿！听到白泽他们的谈话，我激动得身体一歪，撞倒了一旁的椅子。

惨了，我现在知道了这么大的秘密，他们不会杀人灭口吧？

此时的我惊慌失措，六神无主，不过我还保留着一丝清醒，那就是——跑！

当我心神不宁地回到家后，扑通乱跳的心还是没有平静下来，这一切都太匪夷所思了！完全超出了我的理解范围嘛！

"小语，你怎么了，气喘吁吁的。"听到开门声，外婆从厨房探出身子，看到我靠在门上喘粗气的样子，她不解地问道。

"外婆！我刚才……"

"你刚才怎么了？"

"我，我看见一只老鼠。"

"我还以为发生什么事了，一只老鼠而已，用得着这么大惊小怪的吗？你呀，可别吓外婆，外婆年纪大了，不禁吓。"外婆说完，又转身走进厨房忙活起来，不一会儿，阵阵菜香飘到客厅。

是的，外婆年纪那么大了，这种连我这个21世纪少女都接受不了的事情，怎么能告诉她呢。

做好了决定，晚饭时，我告诉外婆，以后不再去咖啡店打工了，至于其他的半点没提。反正我只要远离那间咖啡店，远离那个人就好了吧！爸爸，妈妈，你们可要保佑我！

"卫不语，加油！你现在长大了，不再是七年前那个手无缚鸡之力的小女生了！你有能力去保护你爱的人！为了外婆，你一定要坚强起来！什么妖魔鬼怪美女画皮，都打不倒你的！"

我用双手紧紧抓住胸前的琥珀石吊坠——这是父母留给我的唯一的东西——坐在床上，我不断给自己打气，此时此刻，我也只有这样才能让自己不那么害怕。

第二天早上醒来时，我似乎没昨天那么害怕了。坐在教室里，想到再过几天就是发工资的日子，我一阵心痛。

唉！为什么不晚点儿再看见这些乱七八糟的东西呢。我即将到手的工资啊！

此时，低头懊恼的我，完全没发现原本吵闹的教室突然一下子安静了下来。直到耳边传来一个熟悉的声音，我才下意识地抬头朝讲台上望去。

"同学们好，谢老师有事请假了，从今天开始，我就是你们的代理班主任，希望在我代课的这段时间里，大家能相处愉快。"

白色衬衣、白色西装马甲、白色外套，再加上白色西裤，笔直的长腿下是一双系带皮鞋——站在讲台上的代理班主任，五官完美得似乎经过最精细的计算，无论从哪一个角度看过去，都找不出一丝瑕疵。带笑的嘴角给人一种温文尔雅的感觉，一双眼尾微微上扬的桃花眼，瞳仁乌黑，闪着墨玉般的光泽，一头黑色的长发用红色丝带低低绑在脑后，整个人只是随意往讲台上那么一站，却不自觉透出一股慵懒高贵的气质。

代理班主任说完，伸出修长干净的手，拿起讲桌上的粉笔，在黑板上一笔一画地写下两个字"白泽"。

"哇！太帅了！简直跟明星一样！不不不，比明星还耀眼！"

"对啊，对啊！他还留着长发，整个人都透着吸血鬼伯爵的气质呢！"

"什么吸血鬼伯爵！你们女生就是见识短，白老师那是缥缈的仙人气质！"

"就是！你们女生就是见识短，我从小到大还没佩服过谁，从现在起我要把白老师当成偶像！"

白泽出现不到一分钟，教室里的男生女生都被他吸引，甚至折服。

听着耳边的讨论声，我想起自己当初第一次见到他时，心里也是这么想的，可是现在……

"小语，小语！"就在我因白泽的出现整个人都陷入呆滞状态时，同桌小桃摇晃着我的手叫道。

"啊？怎么了？"

"我想问你，你觉得白老师怎么样呢？你怎么发起呆来了，难道也被白老师迷住了吗？"小桃说完，捂嘴轻笑出声。

"哦，我只是，只是在想其他事情。"

我偷偷瞟了一眼讲台上始终没看向我的白泽，然后俯到小桃耳边低声说道："你呀，还是太小，有些东西不能只看表面。就拿食人花来说，看着那么美，它却吃人，就跟……"说着，我努嘴示意她看讲台上的白泽，"他也一样，谁知道他道貌岸然的外衣下，藏着什么见不得人的秘密呢。"

"见不得人的秘密？小语，你之前认识白老师吗？"

小桃的声音不小，她刚说出口，我立马呼吸一滞，赶紧去看白泽的反应，等看到白泽还在微笑着作自我介绍，我才松了一口气。

呼，幸好他没听见。

"不！不认识！我当然不认识！我这是乱说的，乱说的！新老师要讲课了，先不说了。"

匆忙结束话题，我有些懊恼自己刚刚说的话。天知道白泽是来干吗的。代理班主任？自己有家咖啡店，还来当老师？而且早不代，晚不代，刚在我昨天听到那惊人的内幕，决定再也不去咖啡店的时候来，这未免也太凑巧了。

此时，我脑海中只有四个大字——杀人灭口！

"他是真的没认出我，还是有什么隐情？"放学的时候，我一边吃着冰激凌，一边自言自语。想到课堂上白泽对我跟其他同学一样的态度，我心中既窃喜又失落。

好歹我们主仆一场……呸呸，是同事一场，我害怕他是异类的同时，又会忍不住想起他以前对我的关照，内心简直是天人交战，两个立场不同的我，拼命反驳对方。

"白泽就是异类！异类毕竟跟人类不一样，谁知道他哪天会不会发疯吃了你！"

"吃了我？不会吧！他那么温柔的一个人，要是真想灭口，悄无声息就能灭了我，干吗跑来学校啊？"

"他这是手段！是在制造不在场证明！"

……

"卫同学，虽然现在天气转暖了，但吃多了这种东西，还是不好的哦。"就在我犹豫不决的时候，突然，一个熟悉的声音在我耳边响起，他还顺手夺过了我的冰激凌。

"呵呵，白，白老师，你怎么在这里？"

红色的夕阳余晖渲染了整条大街，城市的黄昏美得像是童话中的世界。白泽一只手臂弯搭着折叠整齐的西装，一手拿着冰激凌，敞开的领口透着一丝悠闲，尤其是配上那张"非人类"的脸，让结伴而行路过的女生都不由自主地放缓脚步，然后红着脸交头接耳地小声议论，仿佛白泽就是童话里的国王。

对，不是王子，是国王。

四周的喧哗声都消失了，这情景变成消声的影片，并且加速播放，只剩下绑着红色丝带、一头黑色长发的男人，遗世独立。

"我怎么就不能在这里了？"

"我没说你不能在这里。"

"那你还问我怎么在这里？"

……

看着白泽手中渐渐融化的冰激凌，我没能坚持到最后，舔了舔嘴唇说道："白老师，都快化了。"

听了我的话，白泽看了看快滴到自己手上的奶油，轻轻皱了皱眉，有些嫌弃地把冰激凌还给了我："我还以为你憋了半天，会说出什么惊天动地的话呢。"

"再惊天动地也赶不上白老师您啊。"接过冰激凌，我使劲舔了一口说道，说完后我才惊觉自己这是在拍马屁。

我一边在内心鄙视自己的行为，一边偷偷瞟了白泽一眼，只见他的眼里闪着细碎的光芒，勾人心魄的桃花眼越发妖艳。

"去哪儿？"他拍了拍搭在臂弯处的西装外套，一脸轻松地问我。

"什么去哪儿？"我还在跟时间比赛，大口吃着手中的冰激凌，突然听见白泽的话，下意识地接道。

"当然是我们接下来去哪儿，难不成你还以为是'爸爸去哪儿'？"

你不讽刺我会难受吗？不过，等等！他刚才说什么？我们！

"白老师，我要回家了。"斟酌半天，我小心翼翼地开口。

"嗯？"我的回答似乎让白泽颇为不满，他眯了眯眼睛，高大的身体朝我压来。

眼看着我整个人都被罩到他逐渐倾斜的身体的阴影中，肢体的反应快过大脑，我"唰"的一下伸出手，试图推开白泽。

时间在这一刻停止，就连周围的路人也纷纷停下手中的动作，有的在

惊叹我的行为，有的在幸灾乐祸，有的则在猜测我接下来的反应。而这所有的一切，只因为一件事，那就是——我竟然是用拿冰激凌的手去推白泽的！

第二章
CHAPTER
/02

带孩子的男人不容易

咽咽口水，我缓缓缩回手，可是那支冰激凌仍旧顽强地"插"在白泽胸前。

看了一眼毫不动摇的冰激凌，我讪笑道："呵呵，呵呵，白老师，我还是先回家吧，我还要回去复习功课呢，就不陪你逛了，再见。"

拼尽最后一丝力气，我战战兢兢地说完，然后便撒腿往回家的方向跑去。

完了，完了！我这次死定了！

我边在心里哀叹，边加快脚步。就在我拐过转角的时候，身后终于传来白泽咬牙切齿的声音——

"卫——不——语！"

不知怎的，听到白泽的咆哮，我的心情没有预想中的那么恐惧，反而带着些窃喜。

哈哈！想不到白泽也有生气的时候，而且还是败在我的手上！

跑了一段距离，等确信见不到白泽的身影时，我才减慢速度，停在一栋高大的建筑旁，背靠着墙壁，双手撑在膝盖上大口大口喘着气。

灰色的建筑墙上勾勒着白色的线条，像是旧时的砖墙。天边的红霞已渐渐褪去鲜艳的色彩，夕阳斜斜照进大楼旁的小巷中。

我正打算离开，突然瞧见在路面的橘红色光线中，出现了一块移动的

黑色影子，那影子慢慢从巷子里往外踱步而来，一派悠闲。不知怎的，我一下子就联想到了白泽……

哎呀！我怎么忘了白泽不是一般人！他根本不需要在我身后追着跑嘛！

"非礼啊……"

就在从巷子里出来的人伸手拉住我时，我扯开喉咙大喊。只可惜还没等听到的人回过神，我便"唰"的淹没在黑暗的巷子里。估计此刻就算有人朝这边看来，也只会看见一面墙，并且觉得自己幻听了，因为刚才那一幕才短短一两秒的时间——拉我的人动作实在太快了。

"嗯？非礼？"

晦暗的光线将巷子深处烘托出一种诡异的气氛，说话人的声音像是醉人的佳酿，光是让人听着就头重脚轻，那一声"嗯"，更似一曲悠扬的古调在江波上转了几转。

"不是非礼，不是非礼，您听错了，听错了……"不等看清来人的面容，我立马讪笑着否认道。

"听错了？嗯……这可不太好，怎么说，我也是祖国的园丁。"

"那，那您说怎么办？"听他提到"园丁"，我确定了他就是白泽。

白泽的气场过于强大，我连反抗的念头都没产生过，便直接选择投降。只不过我这话音一落，白泽却突然闷声笑了起来。

一束昏黄的光线照到巷子深处，空气中的尘埃在光线中无所遁形，像是透明的精灵翩翩起舞。白泽高大的身影慢慢从黑暗中走出来，皮鞋撞击地面发出的"嗒嗒"声似乎落在我的心尖上。在经过那缕光线时，我清楚地看见，在他那绝美的五官上染着一层笑意。

　　最终，白泽停在离我不到一指的距离，然后微微弯腰，整张脸凑到我眼前，试图与我平视。有力的双臂撑在我身侧，将我圈了起来。现在的我，像极了待宰的小羊羔。

　　"怎么办？嗯，让我想想……你既然不小心听到了那么大的秘密，还喝了我千辛万苦弄来的'青龙兽血液'，我该怎么惩罚你才好呢。"

　　白泽说得很缓慢，似乎是为了让我听得更清楚。

　　在他最后一个音节落下后，我生怕他突然变身吃了我，为了活下去，我咬咬牙，挺起胸膛，决定反抗！

　　"我又不是有意喝的！况且，我现在只要一想到我喝过那什么血，胃里就难受，不仅饭量变小了，就连看到以前最爱吃的肉也恶心反胃！我一个手无缚鸡之力的花季少女背负这么悲惨的事，你居然还要惩罚我！你是看我没爹没娘的好欺负是吗？"

　　灵机一动，我决定用苦肉计打动白泽，为了让效果逼真，说到后面时我还挤出几滴眼泪。但是我抽噎了半天，也没见白泽回答，我满心疑惑，假装用手去擦眼角的泪，趁机瞟向白泽。

　　白泽还是保持着之前的姿势，但是脸上的笑意已全然不见，眼神迷离，思绪好像飘去了很远的地方。

　　看到他这个样子，我心里竟然微微难受起来。

　　"你……没事吧？"看着白泽，我轻声询问。

　　好半天他才反应过来，等到重新把目光对准我之后，他摇了摇头，然后收回圈住我的手，站直了身子。

　　"既然你已经喝了，不管是不是有意的，都应有所偿还，毕竟那东西得来不易，我也不要你去做什么违法乱纪的事，只要帮我找个东西……"

"可是……"

"作为额外的酬劳，我会帮你消除看见异类的能力。"

嗯？看见异类的能力还可以消除？太好了！那就代表我又能回归到正常的生活了！

"好，我答应你！"

"不过，你刚才说可是什么？"

"没，没什么！那你要我帮你找什么东西？"

"《山海经》，这也是我来人界的原因。原本它是由四大神兽守护的，只不过后来意外掉落人界。对于妖来说，《山海经》有着致命的吸引力，因为里面记录了每个异类的弱点，有了它，就等于拥有控制妖界的能力。"

控制妖界的能力，那如果我找到的话……

"不过对于人类来说，它没有半点作用。"

似是看透了我内心的想法，白泽给了我一个异样的眼神。

"《山海经》遗失的消息虽然被封锁住了，不过还是难免不小心被其他异类得知，所以除了我，现在还有很多异类也在寻找《山海经》的下落。我现在把这个消息告诉了你，你就是我的同伙，所以……"

"所以我要是有不轨之心，又被其他异类发现我知道这个内幕消息，为了避免这个消息流传出去，我一定会被灭口！"我接过白泽的话，咬牙切齿地补充道。

这家伙也太不信任我了，竟然威胁我！不过，我原本答应帮他确实带着敷衍的成分。

"好了，现在你既然知道了事情的重要性，那我再给你加个同伴，也

代表我对你的关心。"

对我的关心？听了白泽的话，我疑惑地等待他接下来的举动。随后，只见白泽伸手对着空气一抓，然后一个像QQ糖一样透明又有弹性的小人被他抓到了手中。

这个小人只是个大概的形体而已，没有五官，也没有手指，此时，它的四肢正攀着白泽的手指，没有挣扎，仿佛在求饶。

事情的转变让我措手不及，我看着前一秒还在跟我说话的白泽，后一秒凭空逮住一个小人，心中除了震撼还是震撼。

我的妈呀！这个东西是怎么来的？或者说白泽是怎么发现的？想想刚才，幸亏我明智地选了苦肉计，要是硬拼，后果简直不堪设想……

"南山经之首约鹊山，其首曰招摇山，临于西海之上，多桂，多金玉。有木焉，其状如谷而黑理，其华四照，名曰迷谷，佩之不迷。"看了一眼"QQ糖"，白泽接着对我说，"它的本体只是草木，现在的模样是由于长年的修行，所以才得以化形，今天能恰巧相遇，也是种缘分。从现在起，迷谷就是我的眼，它会跟在你身边，以示我对你的关心。"

"监视就不用了吧！我很自觉的……尤其是在看到你绝对压制性的力量之后……"我嘀咕道。

"嗯。"

什么？他答应了？

"难得我们有缘碰上，你帮我照顾好她，作为回报，我帮你更快地修行。"

"喂，我在跟你说话呢！"

什么嘛，原来他是在跟迷谷小妖说话啊！

听到我的话，白泽放开迷谷小妖，转而望向我，墨黑的眸子看得我一个激灵。

我是不是太得寸进尺了？

"你……你……你干什么，你不要乱来啊，我……我……我说说而已，买卖不成仁义在嘛……"

"我乱来了吗？难道你又要叫非礼？既然如此，不如我把这个罪名坐实，如何？"白泽说完，脸上再次露出慵懒的笑容，而且还带着恶作剧般的欣喜。

"白，白老师，你别冲动，冲动是魔鬼。"

"原来你也知道冲动是魔鬼，那你倒是说说，你对我做过那些事，该怎么办？"

"我？我做了什么？"

"你做的事可多了，比如跟同桌说'白老师道貌岸然的外衣下，藏着不可见人的秘密'。"

"你听到啦？"

白泽点头。

"那你想怎样？"

"关于《山海经》的事，我需要你帮忙时，自然会找你，在这之前，你就老老实实的，不该说的话不要乱说，要记得我时刻都关注着你，就算是不在学校的时候，也有迷谷帮我看着你。"

"嗯！我知道了！"看吧，还说什么关心，明明就是监视！

"好了，我先走了。"

"哎！"眼见白泽准备离开，我鼓起勇气叫道，"那个，它不会每时

每刻都监……关心着我吧？"

QQ糖一样的小人在空中左右翻滚，大概是因为白泽说要帮它修行的缘故，表现出一副开心的模样。见我指向它，它挠了挠头，表示不理解。

哎，虽然这个小东西没有五官，可还是让我不放心啊，比如洗澡……

"你放心，我可没你那么变态，私人空间还是会给你的。"白泽脸上闪过一抹嫌弃，给迷谷小妖递去一个眼神。

"叽叽"两声后，迷谷小妖便消失不见。白泽也重新转身走出小巷，剩下气得肝疼的我。

我怎么变态了！我那是正常少女的担忧！

"同学们，谢老师走之前交代我要选出班干部，鉴于我昨天第一天上任，很多事情都没衔接好，所以推到了今天。接下来，我会把谢老师跟我提及的名字都写在黑板上，然后由大家投票决定。"第二天一早，白泽刚进教室便抛出一记响雷，引得大家议论纷纷。

"哎，小语，你有没有觉得白老师的字写得很好看呀？"趁着白泽写字的空当，小桃又开始在我耳边念叨。

我刚准备说"不过如此"，低头看到我摊在桌上的草稿纸上歪歪扭扭的"符号"，吞了吞口水，不甘心地点点头，然后继续把目光放到黑板上。

随着各个职位对应的姓名逐渐出现在黑板上，教室里又炸开了锅，因为在班长一职下面，除了被大家看好的"李怡萱"，还赫然写着"卫不语"！

看到自己的名字，我整个人都呆住了，倒是小桃和一些平常跟我玩得

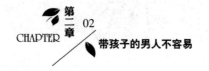

不错的朋友笑着给我打气。

　　说实话，虽然我成绩不错，跟同学相处也很融洽，但我真没想过自己会被谢老师推荐为班长候选人。

　　投票开始，所有职位由大家举手决定。在白泽的引导下，空缺的班干部很快就选出来了。眼看着就要选班长，白泽却突然说采用匿名方式，并给每人发了一张小纸片，让大家把自己心目中班长的名字写在纸片上，然后由他统计、宣布。

　　匿名就匿名吧。看着手中的纸片，我准备毫不犹豫地写上"李怡萱"。

　　"小语，我们都写你，你可不准写李怡萱啊！"眼看我手中的笔就要落下，小桃突然转头对我说道。

　　"当，当然不会了。"我本来想反驳一下，可看到小桃满脸凶狠的模样，又立马点头应好。

　　同学们陆续写完，白泽带着始终不变的笑脸，轻飘飘地说了句"我来收"，然后便迈开长腿走下讲台。

　　看着白泽悠闲得像是在自家后花园散步般的神态，我内心沉甸甸的，总觉得他有什么阴谋，尤其是当他伸手来拿我手中的字条时，他的指尖竟然似有似无地从我手背拂过，这样的举动，简直像一种威胁或者警告。

　　"下面我来宣布班长一职的当选人。"统计完后，白泽站在讲台上一字一字念道："卫不语。"

　　随着白泽的话音落下，我整个人犹遭雷劈，心中的不安也瞬间爆发。

　　这果然是一个阴谋，白泽就是想要我难堪！

　　下意识地，我向讲台上正整理字条的白泽望去，只见他半垂着眼帘，

长长的睫毛在眼睑下方投下一小块阴影，始终噙着笑意的嘴让人找不出半点可疑之处，夕阳的光芒照在他身上，使他像一个圣洁的天使。可是只有我一个人知道，这只是他的面具而已！

"小语，你还发什么呆！白老师叫你呢！"

见我仍呆坐在椅子上，小桃顶着一脸"你这个不争气的家伙"的表情，把我推了起来。其他同学虽然也跟我有相同的疑惑，但还是很配合地鼓起了掌。也有人小声议论起来。

"什么嘛，怎么会是她啊？"

"就是，就是，她哪里比得上李怡萱啊？不是她私下拿了什么好处贿赂了别人吧？"

什么？贿赂？我是那样的人吗？

"好了，既然班长都选出来了，那么我希望以后大家都能好好配合班长的工作，毕竟我们是一个集体，少了谁都不行。"

白泽的话似乎带着魔力，他一开口，议论声立即消失了，而我却有些糊涂——他不是想让我难堪吗？可是现在为什么又要帮我解围？

我怀着各种不安，好不容易等到下课，眼见白泽走出了教室，立刻跟出去。

"白老师，请等一下。"我拿着课本，假装要问问题，追上白泽后将书本摊在他面前。

"卫同学，有事吗？"

"你别装了！我问你，我当选班长是不是你搞的鬼？"我压低声音，面带微笑，恶狠狠地说道，不过由于难度太大，导致我险些面部抽筋。

"什么叫我搞的鬼？卫同学，你说得太难听了。"

"不是你，还能是谁？虽然小桃她们都选了我，但我绝对不可能赢过李怡萱。"

"咦？想不到你还挺聪明的。"

"你！你！"我觉得我要是一开口，脸上假意的笑容肯定会崩溃，只能咬着牙忍住。

"没错，是我选的。"

"你为什么要这么做？"

"我这样做，就可以光明正大地叫你来办公室啦！"白泽说完，眨了眨眼睛。

听了白泽的话，我脸上微微发烫，忍不住去猜他话里的意思，不过紧接着，我就没心思去猜了。

"你可以来办公室帮老师搬搬作业本、试卷，或者擦擦桌子、浇浇花。"

"为什么？"

"因为你喝了我最珍贵的'青龙兽血液'。"

"可是这样的话，我不就是你的小丫鬟了嘛！"

"对啊！在你还完债以前，就是我的小丫鬟！"

呜呜呜！这日子没法过了！白泽！你这是压榨！

跟白泽短暂的交流后，整整一个上午我都没精打采的，等到好不容易熬了过去，和唐佳佳相约食堂时，她见到我之后的第一句话竟然是……

"小语，听说你们班的代理班主任长得让人惊为天人啊！"

"还好吧。"

"那有没有你那个店长帅？"

"嗯……这个，差不多，差不多……"岂止差不多，根本就是一个人，不，应该说是一只妖！

"对了，佳佳，我辞职了。"

"辞职？为什么？辞职你就见不到英俊的店长了呀！你不是每天心心念念着他吗？"

"这个嘛，还不是因为最近学习比较忙……"

"哦。"唐佳佳并没有怀疑我说的话，但转眼看到我没有一根肉丝的餐盘，又开始唠叨："哎，小语，你今天怎么又光吃青菜？"

"我昨天不是说了最近胃口不好吗？"我强颜欢笑咽下一口白饭，真是哑巴吃黄连——有苦说不出。

四月的风带着它特有的慵懒气息，让人直发困。一阵风吹过，空气中霎时弥漫起一股泥土的味道以及校园中常见的香樟树的清香。

同学们穿着统一的长款运动服在上体育课，老师一声令下后，大家纷纷抱团组队。而我则拒绝了小桃打羽毛球的邀请后，一边踢着小石子，一边漫无目的地逛起来，不知不觉走到了室内泳池旁。

现在的天气还偏凉，学校并没有开设游泳课，我却在此时听到了有人游泳的声音。在好奇心的驱使下，犹豫再三，我蹑手蹑脚地趴到了紧闭的大门上，试图听清里面的动静，可是除了"哗哗"的水流声，其他的什么也没听到，突然，一个不好的念头从我的脑海中闪过。

糟了！不会是有人在里面出意外了吧！

"同学！同学！你听得到吗？你没事吧！我马上叫人来救你！"我一边撞击大门，一边叫道，想要安慰"溺水的同学"。谁知我这一撞，竟然

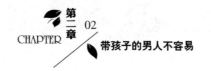

把门撞开了。

咦？原来门没锁啊！

游泳池里的水，远远看去散发着蓝宝石般的色泽，阳光透过四周高高的小窗户照射到水面，美得像是撒上了一片细小的金沙。

推开门后，我还保持着一副惊恐的表情，身体却再也动不了半分。

男生一头浓墨般的短发正滴着水，水珠沿着发梢落到他长长的睫毛上，高挺的鼻梁下，一张微张的嘴，显示着他的惊讶。

我看着眼前的少年，脑海中不自觉浮现出当初在唐佳佳手机上看到过的照片：英气的剑眉、疏离的眸子、紧抿成一条线的唇，当这些词组合成眼前男生的脸时，却仿佛带着魔力般，让人忍不住再多看两眼。

"苏麒。"我喃喃道。

看到贸然出现的我，苏麒有些慌乱和不自在，第一反应便是转过身面对着我，然后又将原本露出半个胸腔的身子一点点沉到水里，直到刚好露出一个头。

"呃……不好意思啊！我不是故意闯进来的，我以为有人溺水了……"我一秒变淑女，娇羞地微微低着头解释道。

听了我的解释，苏麒没有回答，而是皱着眉头。

"我真的没有骗你！我绝对不是因为贪图你的美色！"看到苏麒的反应，我拼命摆着双手，继续解释。

"嗯。"

苏麒的回答几乎是从鼻腔里哼出来的。不知道是不是我的错觉，总觉得他的脸比之前红了些。

说实话，这是我第一次见到苏麒本人，但是在我的印象中，苏麒应该

是那种冷酷自大的男生，不过如今看着眼前的人，他似乎没有那么难相处。

就在我打量着苏麒的时候，高亢的集合哨声响起。

啊！我怎么忘了我还在上体育课？

"今天实在是不好意思，不过这种天气下水，你还是要注意身体，别感冒了。"话一说完，我便低着头走了出去，顺带拉上门，也不敢去看苏麒的脸，想起之前自己盯着他看，脸上就一阵发烫。

就在大门即将关闭时，我从缝隙里无意瞟到游到泳池扶手旁，正一步步走上岸的苏麒，他的身上似乎发出了点点蓝光。

"我是眼花了吧？嗯！一定是眼花了！肯定是因为光线折射的原因！"关上门，我一边往集合地点跑，一边碎碎念。

说实话，我只在咖啡店里见过异类，要是现在再在我们学校发现一个，我不确定我还有没有勇气来上学。

放学的时候，我和唐佳佳并排往校门口走去。关于我能看见异类这件事，我一直犹豫要不要告诉她。

"小语，你怎么了？怎么心不在焉的？"我正思考之际，唐佳佳伸手在我眼前晃了晃。

看着唐佳佳一脸关心的样子，我咬咬唇，小心翼翼地问："佳佳，你相信这个世界上有……"

后面的话我真不知道怎么说下去，只是瞪大眼睛盯着唐佳佳，希望她能读懂我眼神里的意思，不过，我显然高估了她。

"有什么啊？你是不是便秘啊？"

"哎呀！就是……就是……"我突然想起当初白泽跟我说的话，于是

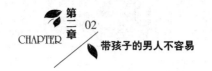

直接搬用过来，"你相信这个世界上存在着科学不能解释的事物吗？"

"信啊！"

"我不是说的UFO跟外星人。"

"我知道，你是说鬼神妖魔嘛！"

唐佳佳的不以为意让我深感挫败，我觉得要是看见异类的是她，也许她会处理得比我好，搞不好还能跟异类成为朋友。

"难道你不觉得异类很可怕吗？"

"可怕？哪里可怕了！他们跟我们一样，都是存在于这个世界上的生物，你觉得他可怕，他还觉得你可怕呢！"

"可是……我看书上说，他们吃人。"后面四个字，我几乎是贴着唐佳佳的耳朵说出来的，因为我生怕一个不注意，白泽就出现在附近。

"那些都是书上说的。再说了，哪个族群里没一两颗老鼠屎啊！那些捉妖师，还不是不管好坏，是妖就捉，异类们就不可怜了吗？"

"哇！佳佳，你懂好多啊！你是从哪里学来的？"

唐佳佳一脸正义，说出的话也头头是道，她的形象瞬间在我眼里高大起来。

看到我满脸崇拜，唐佳佳似乎有些不好意思。

我撞了撞她的肩膀，意思是叫她不要害羞。

"这个嘛，这个嘛，是动漫里的主角说的话。"

呃……好吧，这个回答是我始料未及的。

"要不我给你介绍几部动漫，你也去看看，都是关于异类的，可好看了！我建议你先看几部入门的，都比较温馨，像《百变狸猫》啦，宫崎骏的《千与千寻》啦……对了，还有一本说的是返祖类异类，他们是异类与

人类交合诞生的后代，因为血统不纯正而被纯血统异类鄙视、厌恶，甚至杀害……"

"异类之间也会相互杀害吗？"

"那当然了，异类的世界，等级划分非常严格，对于他们来说，血统的纯正才是最重要的，就像犬夜叉，因为是半人半妖，所以被异类讨厌，但同时也因为异类的身份，被人类讨厌……"

听着唐佳佳的解说，不知怎的，我想起了白泽那张"假笑"的脸："那你知道怎么分辨是不是纯血统的异类吗？"

"啊？"听了我的问题，唐佳佳盯着我看了半天，"你说真的？"

"那当然了。"

"拜托！你真当我是捉妖师啊！我只是从动漫上看的而已啊！那上面可没说怎么分辨异类的血统。再说了，你问这个干什么啊？"

"我告诉你一件事，你可千万别告诉别人。"

"什么事啊？"

看到我突然严肃的表情，唐佳佳也正经了起来。

"其实……"

略微闷热的风卷起深蓝色的百褶校裙，唐佳佳还等着我神秘的答案，我突然瞟到旁边有一个身影。

"卫同学，真巧啊！"

来人站姿标准，一手插在裤袋里，一手微弯放在腹部，臂弯上搭着一件灰色西装外套，领口敞开，露出精致的锁骨。

"白……白……白老师好。"

我快速收敛惊吓的表情，装作若无其事地跟白泽打招呼。我微微低着

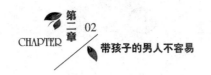

头，不敢跟他直视。因为从一开始，我就觉得他那双带笑的桃花眼似乎能看透一切，让人无所遁形。

"这位是卫同学的朋友吗？"

听到白泽突然将话题转到唐佳佳身上，我只觉得背脊升起一阵凉意，在我耳中，这随意的问候，就像是在警告我不要轻举妄动，威胁我不该说的话不要说。

"你们刚刚在聊什么呢？"

"没，没什么，只不过在聊些动漫里的东西罢了，白老师不会感兴趣的。"

"不一定哦，我也看动漫的。"

白泽的回答完全出乎我的意料。我脸色有些僵硬地看了看唐佳佳，只见她一脸花痴样，还双手合十举到胸前。

"白老师你好，我是卫不语的好朋友，叫唐佳佳，是五班的。白老师，你也看动漫吗？喜欢看什么类型的？"

对于唐佳佳对答如流，不仅报上自己的身份还主动找话题的行为，我觉得丢脸丢到太平洋了。不过就在我暗自鄙视唐佳佳的行为时，白泽下一句话却让我尴尬不已。

"唐同学真是可爱呢，跟卫同学一样。"

白泽说着，带笑的目光扫向我的鼻子，而我也瞬间明白了他的用意。想起第一次见到白泽时的情景，比起唐佳佳，我简直有过之而无不及，我当时竟然流鼻血了！

白泽回答唐佳佳刚才的问题："我什么类型的都看，尤其喜欢看关于异类题材的。"

"真的吗？我也很喜欢呢！我刚才还在给小语说呢，叫她也去看看！"白泽的话让唐佳佳像找到知音般，尤其还是这么个大帅哥知音。

"真的吗？的确可以去看看，开阔开阔眼界，就算是动漫，有时候也隐藏着一些道理。"

"白老师，不是我套近乎，其实我也是这么想的！不过，我有句话想说，希望白老师别生气。"

"没关系，你说吧，现在是放学时间，我们就像朋友那样聊聊天也行。"

在我默不作声的时候，唐佳佳跟白泽聊得热火朝天。我不敢唐突地拉着唐佳佳离开，也不敢随意插话，这样子简直太折磨人了。

"我觉得白老师也很像异类呢。"

"哦？"

如果我现在在喝水的话，我一定会在听到唐佳佳的话后被水呛死。这死丫头，简直是哪壶不开提哪壶，她竟然在一只异类面前说那个异类长得很像异类？呃……这话听起来怎么这么像绕口令？

白泽用修长的手指抵着光洁的下巴，微微眯着眼睛，夕阳映在他那双眼尾微微上扬的桃花眼中，一片流光溢彩。他似乎是在思考唐佳佳的话，回答的声音也格外悠扬："这是夸奖，还是……"

白泽的疑惑让唐佳佳意识到自己刚才的话有些异议，她连忙说道："夸奖！当然是夸奖！我这是夸白老师俊美得根本不像人类！所以只能像异类了！"

"是吗？被美丽的小姐如此夸赞，白某还真是受宠若惊呢。"白泽说着行了个极有绅士风度的谢礼，一手搁在胸前，一手背在身后，对着唐佳

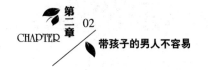

佳微微欠了欠身。

趁此空当，我对着唐佳佳拼命挤眉弄眼，让她不要再说了。可是她压根没把视线往我这儿放。

就在我一只眼呈半抽搐状，嘴角也歪得十分不自然，活脱脱一副"面部神经不协调"的表情时，白泽突然直起身子，将话题转到我身上。

"对佳佳的话，卫同学你有什么想法吗……咦？卫同学，你是不是不舒服？"

"哈哈，哈哈，我没事，我就是活动活动一下面部肌肉，促进血液循环，听说这样能瘦脸。"

"卫同学还真是勤奋，不过，确实有必要。"

有必要？你是在暗讽我脸大吗？

对于白泽看似不经意间说出的话，我唯一的选择就是——无视。

唉！没办法，因为我想了半天，也想不出反驳的话来。不过，这才认识多久，就佳佳、佳佳地叫上了，白泽，你也太没节操了吧，怎么不像以前那样叫我小语啊！

我一边在心里鄙视白泽的行为，一边慢悠悠地补充道："我能有什么想法？再说，我的想法是什么，对你来说重要吗？"反正我又斗不过你，还不是你说什么就是什么。

后面的话，我不敢说出口，只能在心里念叨。

听到我的回答，白泽用他那双明艳的桃花眼看向我，眼中有着淡淡的意外，他半晌都没有回答。

与之相比，我倒显得有些狼狈，将周围的香樟树数了个遍，也不敢和他对视。我不懂白泽的目光为什么突然这么深沉，仿佛能在我身上盯出一

个个小洞。

难道他听出我话里的抱怨了？

"时间不早了，你们还是赶紧回家吧。"良久，白泽轻轻开口。

"那好，白老师，明天见！"比起我的不自在，唐佳佳完全没有半点察觉，欢笑着跟白泽挥手道别。

"尽早回去吧，晚上奇怪的东西比较多。"临走前，白泽再度开口叫我们早点回去，只不过我总觉得他的重点似乎在后半句。

橘红色的夕阳铺满空旷的操场，白泽笔直的身影在我的视线中逐渐变成一个小点。想到刚刚让我无比难挨的时间，就像是错觉般。

"喂！还看？人都走了！"突然，唐佳佳戏谑的声音在我耳旁响起。

看到唐佳佳一脸"总算被我抓到了吧"的表情，我难得没有争辩，而是迈开脚步，往公交车站走去。

"哎，不是吧，卫不语，难道你害羞了？没事，我理解，白老师那么俊美，要是不被他迷住，才是天理难容呢！这样的人间极品，难道不比你以前那个店长迷人？"见我抬步走人，唐佳佳一个箭步追上我，挽着我的手臂，像个男生一样挑眉说道，语气中满是暧昧。

终于，我停下脚步，双手扶住她的肩，一本正经地说："他就是我以前那个店长。"

说罢，我放开呈石化状态的唐佳佳继续前进。过了好一会儿，她杀猪般的叫声才响起，那声音简直响彻云霄。

然后，唐佳佳一直追问我关于白泽的事情，甚至语气兴奋地猜测白泽来四叶学院当老师是不是为了我。对此，我只能苦笑，然后赶紧坐公交车和她"分道扬镳"。

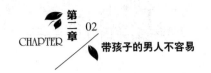

　　我还记得有人问过我，现实跟小说有什么区别，我现在只想告诉当初那个人，小说里，一个人被另一个人追是为了爱情，而现实中则是因为欠债！看！这就是区别！

　　下了公交车后，我一边往家的方向走，一边想着之前跟白泽说过的话，不知道为什么，我总觉得哪里怪怪的。

　　"啊！"突然，我脑海中灵光一闪，后知后觉我犯了多蠢的错。

　　我就说白泽看我的目光为什么突然变得深沉了，我那句没说完的抱怨的话，听起来跟吃醋有什么区别啊！

　　卫不语啊卫不语，你不会说话就不要说嘛！现在想找个地缝钻进去都晚了！

　　我懊恼着自己愚蠢的行为，越加把过错归结到白泽身上。在即将走到必经的石桥时，我看到一个穿着我们学校校服的男生坐在河边的草地上。

　　其实如果当时的情景只是这样的话，我不一定会注意到对方，真正让我吃惊的是，他旁边还站着一个小"沙和尚"。

　　我所说的小沙和尚，并不是比喻，而是真实的描述。

　　五岁左右的小男孩，嘴边长着一圈胡子，这滑稽的模样，活像小时候扮家家酒装大人，用黑色水笔在嘴巴周围画上胡子。小男孩的头顶中央是一片"真空地带"，而四周则长着卷卷的头发，身上还穿着一件灰色道袍。

　　看到造型奇特的小男孩，我忍不住偷笑，同时还在想，旁边的男生是不是他的哥哥，有这么酷炫的弟弟，不知道哥哥是不是也……

　　"苏麒！"我一步步往河边走近，等看到和小男孩说话的男生的面容时，忍不住惊讶地脱口喊道。

　　这一刻，时间像是静止了般，我看看小男孩，又看看苏麒，半晌才斟酌着开口："我回家刚好经过，你们好好玩，我先走了。"

　　哎，想不到苏麒在学校这么酷，放学回家后却要带孩子，反差这么大，他肯定不希望同学知道。

　　临走前，我想了想又补充道："你放心，我不会告诉别人的。"说完，我还做了个加油打气的手势。

　　带孩子的男人不容易啊！

第三章
CHAPTER / 03

或许，本来就是我欠你的

"S出新专辑了！你们有没有看到他的封面造型！真是帅呆了！"

第二天早上，我刚进教室，就听到了小桃兴奋的叫声。

S是当下很有名的男星，几乎是所有女生的偶像。

"小语！快来看！S的新专辑！"也许身边的同学都被小桃拉着看了个遍，等到我来时，她立即眉飞色舞地将手中的专辑递到我眼前。

我一边摘下书包一边看过去。

专辑封面上，当红男星S赤裸上身，脸上化了一个妖冶的妆，头上顶着两个弯曲的角，下半身是羊腿的造型。

"怎么样，是不是有种诡异、颓废的美？"见我半天没说话，小桃双眼冒光地催促道。

我张张嘴，刚想叫小桃拿开，胃部突然传来一阵不适感。

糟了，没看见这些奇怪的画面还好，现在一看，我就想起自己曾喝过异类血这个残酷的事实。

"小语怎么了？"看着我捂着嘴冲出教室，女生A疑惑道。

"看样子好像是要吐呢。"女生B回答。

一群人沉默了几秒后，异口同声道："难道是……"

不是！绝对不是！能不能不要乱猜啊！我还是花一样的年纪呢！

扶着洗手间隔间的墙壁，我一边抚着胸口，一边等恶心感消失再走出

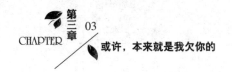

去，突然，耳边传来几个女生的议论声。

"我真想不通，就卫不语那个样子，是怎么当上班长的？"

"就是就是，真不知道班上那些草包是什么脑子。"

说话的女生，是平常巴结李怡萱的那几个。

"没关系，先让她得意一阵子好了，等到她摔跟头的时候，我们再提议换班长。"

听完李怡萱的话，其他几个女生又是惊叹又是拍马屁。

我整理了一下校服，毫不避讳地推开门走出隔间。

"卫不语！"

最先看到我的女生惊叫出声，剩下几人在看到我时，也明显慌了神。

我打开水龙头，漱漱口，没有理会面面相觑的她们，兀自打理好自己便抬脚往外走去。

"等等！"就在我即将走出门口时，李怡萱突然开口叫住我，"你听到了又怎么样！"

"是啊！"我回过头，咧开嘴笑道，"我听到了又怎么样？难不成你还想灭口？"说完，我留下一个高深莫测的笑容，走了出去。

也许是被我的态度唬到了，回到教室后，李怡萱她们果然没有再来找我麻烦，而我也没跟小桃提起刚才发生的事。

不是我装神弄鬼，而是比起白泽的威胁，这群娇滴滴的小女生所说的话根本不算什么！长久活在白泽威胁下的我简直太勇敢了！

"轻轻的我走了，正如我轻轻的来；我轻轻地挥手，作别西天的云彩。那河畔的金柳，是夕阳中的新娘；波光里的艳影，在我的心头荡漾。软泥上的青荇，油油的在水底招摇；在康河的柔波里，我甘心做一条水

草……"语文课上,白泽左手搭在讲桌上,修长干净的食指有节奏地敲击着桌面,右手拿着课本,看着书上的内容念道。

我盯着白泽垂下的长长的睫毛,那时候迷恋他的心情似乎又不安分地冒了出来。

优雅、高贵、温柔、体贴……白泽似乎囊括了所有美好的形容词。别说当初我不知道他是异类,现在就算知道了,偶尔还是会忍不住感叹。我现在既怕他是异类的事实,又怕自己会再次喜欢上他……

就在我想得入神时,手臂上突然传来一下不轻也不重的撞击,侧过头,我看到小桃挤眉弄眼地示意我看她递来的小字条。

"干吗?"我用嘴形问道。

"快看。"小桃说完朝我抛了个媚眼,然后故作娇羞地将脸埋进了书里。

对于小桃的行为,我虽然很想弹她脑门,但还是很给面子地把字条放到眼前看了起来。

"我也甘心做白老师的水草。"

从草稿纸上撕下的纸片上用黑色水笔写着这样一句话,后面还附上了一个涂得红艳艳的爱心。

做水草?我看不是你先勒死他,就是他先吃了你。

我一边腹诽着小桃写在纸上的话,一边将手中的字条揉成一团,朝身后的垃圾桶丢去。

不过小桃显然不打算放过我,一直用脚踢我。

我摇摇头,表示认输,不过还是对她做了个表示"鄙视"的手势,才提起笔回复。

"我还愿意做他的新娘呢！"

后面附上一个涂得黑黑的骷髅头。

想到小桃之前的行为，此时我已经迫不及待地想看到她脸上失望的表情了，只不过没想到人算不如天算，天算不如运气背。

我刚写完，头都还没来得及抬起来，就感到一大片阴影罩在我的身上。而鼻尖熟悉的味道，也让我瞬间大脑一片空白。仿佛是为了证实我的猜想，下一秒，先前还在念着无比优美的诗的声音便缓缓叫出了我的名字。

"卫不语，现在可是上课时间。"说罢，讲话的人不等我作任何回答，便伸出一只白皙修长的手，轻巧地拾起我还没来得及递给小桃的字条。

字条被收走后，我一直低着头，准备接受白泽的"公报私仇"，或者说"羞辱"，可是没想到，这两样我都没等到，反而听到他颇为意外的疑问声。

"嗯？"

似乎字条上的内容让白泽很难理解，他皱着眉看得很专注。那几个准备嘲笑我的同学也因白泽的反应而显得很迷惑。

顺着他们的视线，我看到了紧盯着我的李怡萱，她眼里的嫉妒倒是毫不遮掩，只不过我现在没心思去研究，因为我可没忘白泽还在我身边呢。

不晓得他是不是故意的，半天不说话，这专注的模样差点都要让我怀疑，自己是不是写了什么可能改变世界的话。

终于，在漫长的等待后，白泽将手上的字条单手折好，然后放进裤袋里，看着我严肃地说："如果下次对课文有什么独特的见解或者不懂的问

题，可以在课堂上直接跟我提出来，也可以在下课后跟我讨论，传小字条这种事还是不要做为好，免得影响同学，到时候没听清老师的讲解，就更加搞不懂了。"

什么？对课文的独特见解，或者不懂的问题？我，我什么时候写了那种东西？白老师，你确定你看到的字条是我刚才写的那张吗？

"不过……"白泽又接着开口，"你这个想法，还是挺不错的，我个人很喜欢。"

很喜欢……

他说他很喜欢……

"白，白老师。"眼看白泽把视线放回到课本上，准备走回讲台，我压下内心的慌乱，怯怯地开口，"您，您很喜欢什么？"

听到我的问题，白泽又将视线转向我，平静的脸上找不出一丝窘迫，嘴角的笑意已被敛去，整个人显得"老师架子"十足，根本无法让人怀疑他说的话。

"当然是你写的内容。"

这句话，白泽说得十分随意，感觉就像是"我刚才喝了杯水"，可是……可是如果他指的是我刚才写的，那上面的内容可是……不对！不对！我刚才写的一定不是那个！我刚才一定是写了什么足以引起文学界轰动的问题吧！

"小语，原来你刚才不是回复我的话啊？吓死我了，幸亏你机灵。"

白泽走上讲台，开始一句一句分析《再别康桥》，底下的学生也积极配合，小桃趁机靠近我小声说道。

"不过，你刚才写的到底是什么啊？"

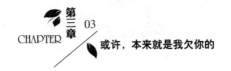

"我也很想知道我写了什么。"

……

上午的课程一结束，我便在楼梯口等着唐佳佳从楼上下来，好告诉她我中午不去食堂了。至于原因，那得多感谢早上小桃让我看了专辑封面。

"小语，小语，有人在帖吧发起校草投票活动！你快点登录帮我投给苏麒！"人群中，我刚看见唐佳佳的马尾辫，她就高举着手机冲我大喊。

一时间，来来往往的人都朝我这个方向看来，我也赶紧装模作样地四处张望。

我说唐佳佳啊，你能别这么大叫吗？我可不想被别人看成花痴，不过幸亏她没叫全名……

"卫不语！一年级三班的卫不语，你听到我说话没有！"

得！怕什么来什么！不仅叫了全名，连班级也说了。

自此，我冒出种破罐子破摔的情绪，淡定地拿出手机开始登录帖吧。

唐佳佳也终于走到我身边，同时不忘提醒："哎，你别忘了投票之后，留言说'誓死支持苏麒'啊！"

"知道了，知道了。"我一边回答唐佳佳，一边按下"回帖"两个字，眼看着名为"相貌英俊的店长NO.1"、头像则是我本人戴着口罩的照片的ID将消息发送成功，我心下又是一阵唏嘘。

想当初这个ID还是我迷恋白泽时注册的呢，现在真是怎么看怎么讽刺。

"对了，佳佳，我中午不去食堂了，我买了面包。"

"哦，好……等等！"我正准备离开，唐佳佳突然喝住我。

"怎么啦？"看到唐佳佳一脸严肃，我不解地问。

"卫——不——语！"

"干吗？"

"你老实交代，你跟苏麒到底是什么关系？"

此时，周围的人已经不多，唐佳佳也尚有一丝理智，刻意压低了声音，只不过她的问话仍让我心头一跳。

"啊？我又怎么了？"

见我一脸迷茫，唐佳佳狐疑地瞅了我好久，才将手机举到我眼前，那表情像是在说"我看你怎么解释"。

见此，我将身子往后移了移，好让视线对焦到隔得太近的屏幕上。

手机上的页面正是标题为"四叶学院一年级最帅男生投票"的帖子，在该帖的78楼，一个叫"苏麒"的ID回复了该层层主：谢谢。

随后，我又看了层主的头像——短短的刘海儿只盖住一半额头，半张脸被黑色的口罩蒙住，只露出一双大大的单眼皮眼睛。

这……这不是我吗？

"怎么回事？"我抬起头，望向等我解释的唐佳佳，却比她更加疑惑。

"我哪知道怎么回事，我这不是等你告诉我嘛。说实话，卫不语，你是不是认识苏麒啊？"

"我怎么会认识苏麒呢！我见都没见过他！"

"也对哦，不会是有人拿苏麒的名字搞恶作剧吧！哼！要是让我知道是谁，我一定不会放过他！"

"对对对，千万别放过他。"

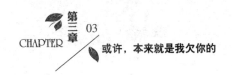
看到唐佳佳一脸要去"炸碉堡"的表情，我赶忙出声附和，只是话刚说完，我整个人突然一愣，如遭雷劈。

"卫不语，你怎么了？"

"没，没什么，你快去吃饭吧。"

"没什么怎么是一副想起了什么不得了的事的表情……"

"嘿嘿，你不用理我，快去吃饭吧！"

"那我先走了。"

"好，慢走，不送。"

眼见唐佳佳消失在我的视线里，我再也忍不住，用力擦擦额头上根本不存在的汗水，用来表示我的心虚。

呜呜呜，都怪我平常说话说得太溜了，怎么刚才就脱口而出见都没见过苏麒这种话呢？要是以后被唐佳佳知道了，指不定怎么撒泼打滚说我骗她呢！不过，我大概也不会再见到苏麒了吧！

对！千万不要再见到他！

我双手合十，诚心向上帝祈祷。但是显然上帝在我祷告的时候在打瞌睡！

事情的转变是这样的，在告别唐佳佳后，我心血来潮，拿着面包来到教学楼楼顶。

"每天啃着这些粗粮食物，我这小身板还怎么受得住啊……"靠墙而坐，我食之无味地边嚼面包边说。

突然，一双浅蓝色的帆布鞋出现在我眼前，往上看去，是黑色的休闲裤和白色短袖衬衫。

突然出现的男生，像是从天而降的神祇，由于他背光而站的缘故，让

人看不清他的面容，只能看到一个剪影般的轮廓——高高瘦瘦的身材，一手插在裤袋里，一手拿着个什么东西。从他身后四散开来的金色阳光让我眯了眯眼睛，我不自觉地伸出拿面包的手挡在眼睛上方，以减轻不适感，同时也便于看清他的样子——

他是苏麒。

"给你。"

他的声音没有什么情绪，听不出是高兴还是生气或者悲伤，但不会让人感到有恶意，也不会觉得冷淡。

"给我的？"看着他手中的盒子，我指了指自己。

"嗯，给你的。"

"哦，谢谢。"

接过他递来的盒子，我慢慢打开，但是当我看清盒子里的东西后，忍不住倒吸一口凉气。

满满一盒装的都是吃的，而且还色香味俱全，菜式相当精美，连胡萝卜都雕成了一朵花的形状。

"给我的？"我再次抬头问道。

"对，你刚才问过了。"

"给我吃？"

"是，快吃。"

"为什么？"

"每天吃这些，你的小身板受不住。"看到我一脸疑问，苏麒指了指我手里的面包说。

我接二连三的问题并没有让他感到不耐烦，虽然他的回答都很简短，

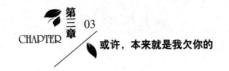

但是这话我怎么听着这么别扭？我说我自己小身板，怎么这个不知道从哪里冒出来的人，也说我小身板啊！难道他不知道换个形容词吗？

"快吃。"见我没说话，苏麒再次催促道。

"那个……"

"对了，筷子。"苏麒说完，慢慢地蹲下，也不管我接不接受，便将装在环保布袋里的筷子递给我。

他蹲下来的时候，身上如海洋般清新的气息传入我的鼻腔，让我意外地发现，这味道竟然让我胃里翻腾的不适感平复下来，再看向饭盒里精致的食物，居然有些饿！与此同时，男生的五官也逐渐清晰地呈现在我眼前。

黑色的短发，鬓角剃得十分干净，所以给人感觉很冷酷。浓浓的剑眉下是一双漆黑的眼睛，高挺的鼻梁，紧抿的双唇，白白净净的脸。

"那个……苏同学，我不饿。"看了看苏麒手中的环保布袋，我拒绝道，心中对他的举动感到疑惑。

苏麒看起来不像是爱管闲事的人啊，难道他这么做是为了贿赂我，让我别把他回家要带小孩的事说出去？

苏麒听了我的话，垂下双眼似乎在思考着什么，半晌，当他再看向我的时候，眼中多了丝莫名的情绪，类似……怜悯？

"我听说，有一些穷人，明明饭都吃不饱，却还死要面子，与其这样，不如先活下去。"

呃……他话里的"穷人"，是指我吗？

"拿着吧，虽然我们每个人都背负了太多的责任，但不该放弃活下去的念头。"

这话说得太好了！我都要哭了！可是，苏同学，事情真的不是你想的那样，你这些话从何而来啊！难道我脸上写着"请帮帮我"这四个大字吗？

对峙许久，在苏麒满是同情和鼓励的目光中，我默默地接过了筷子，一口一口扒着饭。虽然食物很美味，可我总有一种"微服私访的皇帝，碰到饥饿的小乞丐，然后大发慈悲地赏了一顿饭"的感觉。

我不再对苏麒的理解能力抱希望，现在只想赶紧把饭吃完，然后离开。

不知道是苏麒的便当太好吃，还是他身上的味道让我感觉舒心，满满一盒饭眼看着就要见底了。

"对了，苏同学，你玩帖吧吗？"想起之前的事，我忍不住问道。

苏麒听了我的问题，抬起原本低垂的视线望向我，钻石般闪耀的双瞳里满是疑惑。仅仅是一个抬眼的动作，那两排像小扇子似的睫毛，就显得格外迷人。

"帖吧？"

"对啊，我们学校选校草的那篇帖子现在很火。"

"哦，是的，我还感谢你了，你上次在游泳池叫我注意身体。"

听到苏麒的回答，我顿时把嘴张得老大，连挂在嘴边的半截青菜都忘了吞下去，内心忍不住咆哮：这也谢得太远了吧！不过……

"那个名为'苏麒'的ID真的是你的啊？"我吞下青菜，再次求证道。

"是我，有什么不对吗？"看到我一脸惊奇，苏麒有些茫然，似乎搞不懂我为什么会有这样的表情。

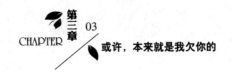

"太出乎意料了！竟然有人用本名注册账号！"

"你不是也用自己的头像？"

"那不一样，再说我不是还戴着口罩嘛……等等，你怎么知道那个头像是我本人？"

不是吧！想当初我拍完那张照片时，不仅班上没一个同学认出来，就连唐佳佳也没猜到，可以说除了外婆，谁也没想到那是我本人。

"我见过你，当然能认出来。"

"可是，苏同学，我们毕竟还没那么熟悉，就连我从小玩到大的朋友都没能认出那是我，你是怎么知道的？"

听了我的话，苏麒垂下眼帘似乎在认真思考，而我则在感叹着他认人的本事。

才见我一面就记得那么清楚，那他是不是也记得唐佳佳？

想起唐佳佳跟我说她和苏麒第一次见面，也是唯一一次见面的场景，我忍不住笑出声来。

"怎么了？"苏麒问道。

"开学第二天，你在学校的超市里见过一个扎双马尾辫的女生吗？你们当时还选中同一瓶饮料。"

哈哈！不止选中同一瓶饮料，后来唐佳佳那丫头还因为被眼前的美色震惊到，错手拿到别人吃剩下的方便面，差点就往嘴里送了！

"不记得。"

"你再仔细想一想？扎着双马尾辫。"说着，我伸手将短短的头发抓成两束。

苏麒抬眼看了看我手上的动作，然后把视线放到我脸上，盯着我看了

两三秒，突然扬起了嘴角。刹那间，我只觉眼前亮起一道耀眼的光芒。

天啊！原来苏麒笑起来这么好看！我收回那句曾经说他是"冷酷帅气"型男生的话，他完全是"治愈系"的啊！什么叫"不鸣则已，一鸣惊人"，我今天总算是见识到了！

"可爱。"好半天，苏麒才说道。

什么？可爱？嗯……他是在说我吗？

我还沉浸在苏麒那个突如其来的笑容里，他说出口的话让我疑惑地眨了眨眼睛，手也忘了放下来。

"眼睛。"紧接着，苏麒又说出另一个词。

是的，是一个词，而不是一句话，这没头没尾的谁能理解啊！我真是要疯了！看来长得再好看也没用！这跳跃性的对话，正常人完全跟不上节奏啊！

"苏同学……"

"我叫苏麒。"

"好吧，苏麒同学……"

"苏麒。"

"嗯……苏麒，你这样说话，我很难理解你的意思。"

听了我的话，苏麒点点头，然后一副若有所思的模样，像是在课堂上认真听老师传授知识。

"我不记得这样一个女生，我只是觉得你这样子很可爱。"说着，他伸手指了指我。

他这一指，我才猛然发觉自己还抓着短短的头发，试图还原出唐佳佳青春活泼的"双马尾"形象。

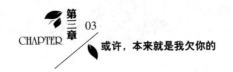

我迅速放下手，有些不好意思地低下头。

嗯……虽然说这个帅哥不正常，但是被帅哥夸奖，我还是难免会有些害羞啦！

"还有，你的眼睛，很特别，所以我才能认出你。"

眼睛很特别？他不会知道我能看见异类吧？

"眉毛也很特别。"

"呵呵，苏麒，你就别再夸我了。"我摆摆手，赶紧制止苏麒继续说下去。

不是我脸皮薄，而是随着苏麒的夸奖，我总觉得背后升起一股凉意，像是暗中有一双眼睛在盯着我。

"谢谢你的便当，下次我请你吃我外婆做的红烧肉。还有，我知道你不想让别人知道你放学回家后要带小孩，你放心，既然我答应了你不会说，就一定会管住自己的嘴巴。"说完，我在嘴边比画了个拉拉链的动作，然后利索地将便当盒盖好塞到苏麒怀中，不等他作任何回答便起身往楼下走去。直到快到教室的时候，那种毛骨悚然的感觉才消失。

看着明晃晃的太阳，我忍不住嘀咕："我刚刚是中邪了吗……"

"今天的卫生打扫得不够好，放学后班长留下来重新清理。"

我下意识地转着手中的笔，等着放学铃响起，突然，白泽一道"圣旨"从天而降。

听到白泽的话，我想也没想，站起来大声反驳道："为什么要我重新打扫！"

重点在"我"。

"班长——"看到我大胆"反抗"，白泽似乎很有兴趣，脸上的笑容很灿烂，"好像自从就任以来，你就没做过身为班长应该做的事吧？"

"嗯……那还不是因为你没给我安排。"白泽语气中的危险气息，我不是没感觉到，但仍然小声辩驳。

"哦，还要我安排？"白泽挑起眼角，大有种"你再多说一句试试"的意思，于是我"试试就试试"。

"难道不要吗……"

眯了眯眼，白泽露出一个欣慰的笑容，至少在不知情的人眼中是这样，但是在我看来，我只觉得自己的死期快到了！

呜呜呜，我刚才也太冲动了！我后悔了，白老师！

我刚想开口表示忏悔，白泽就说："很好，那我现在就安排你重新打扫卫生。"说完，他拍拍手说了声"放学"，看也没再看我一眼就离开了教室。

站在空荡荡的教室里，看着靠在墙角的扫帚，我恨不得用它好好扫一扫自己的脑袋。

想我卫不语聪明一世，怎么会糊涂一时啊！

我一边感叹，一边认命地打扫起来。只不过当我站在窗边，看到在夕阳中结伴离开校园的同学们时，心里突然涌起一阵委屈。

我原本以为白泽介入我的生活后，我的日子会像小说里写的那样面目全非，而且他也扬言说要我当他的"小丫鬟"，只不过我渐渐发现，他并没对我"公报私仇"，也没有让我去擦桌子、浇花，所以我把对他的成见也放了下来。但是在这一刻，我却突然有种自己付出了真心，却被别人玩弄的感觉。

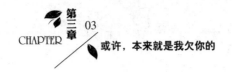

"白泽，我讨厌你！我又不是故意喝下你那个什么血液的，我还不是好心想帮你留杯红酒！而且谁叫你放在那种地方，不好好收起来，到头来却全怪我！哼！不要以为我不知道，你叫我帮忙找什么《山海经》只是个借口，你根本就是想潜伏在我身边准备灭口嘛！"

说着说着，我哭了起来，似乎想要把所有委屈和不甘都发泄出来。眼泪就像决堤的洪水，想停也停不下来。突然，一只温暖的大手轻轻抚上我的背，动作轻柔得仿佛我是块易碎的水晶。

"灭口？你就是这么想我的吗？"熟悉的声音在耳边响起。

泪眼蒙眬中，我转过头，看到了白泽平静的脸。他的嘴角不再噙着浅浅的笑意，眼里却流动着一丝受伤的情绪。

"你就像是一只猫，我是你手里的小老鼠，我怎么想有用吗？"其实，我也不愿意相信自己的这个猜测，只是受不了白泽的态度，监视不像监视，关心不像关心，今天还发神经要我一个人留下打扫卫生，再怎么样，这也不是我一个人的问题啊！

"我没想过伤害你。"

"你不要说这种安慰我的话了！你明明就不信任我！先是故意告诉我《山海经》的事，好用来威胁我，然后又借着'关心'的名义放一只异类在我身边监视我，你别以为我不知道你的想法！"

看着我激动的模样，白泽轻轻叹了口气，说："你确实不知道我的想法。"

"那你说你是什么意思！"

橘红的夕阳照在白泽身上，他那双总是带着笑意的桃花眼，此时闪烁不定，好半晌他才回答道："你喝了'青龙兽血液'，所以能看见异类，

我不确定这会给你的生活带来什么麻烦，而我也不可能时刻守在你身边，所以我确实需要一个人来帮我'看着'你。"

白泽的回答让我喉咙一紧，抱怨和委屈都被浇灭。他这副模样，让我不由得想起以前在咖啡店的时候，那个照顾我、宠着我的英俊的店长，心里也一阵悸动。可是当我转眼想到他是异类的事后，又有些迷茫。思绪混乱之际，我不小心踩到了倒在地上的扫帚，身子往后朝窗台方向栽去。

"小心！"就在我往后倒时，白泽一个箭步上前，伸手托住了我。

宽大的掌心带着炙热的温度，紧紧贴在我后背，但是随即，我感觉到他的手微微一缩，同时，我也想起在身后的窗台上放着一盆仙人球。

我不敢叫白泽把手拿过来看看，心里像打翻了五味瓶，什么滋味都有。

这个我一开始喜欢，后来又间接害惨我的家伙，从始至终都没对我表达过真实的心意，我不知道他是讨厌我，还是……喜欢。

"为什么要帮我？"我轻声问出口。

夕阳渲染着大地，橘红色的光将他一半身子笼罩着，另一半身子留在阴影中，而他的眼眸里闪烁着七彩的光芒。

"哪有那么多为什么，或许……本来就是我欠你的，所以你也不用担心我会伤害你。"

白泽的回答让我愣了愣，他眼里的情绪十分复杂。

不知为什么，我很不想看见白泽这个样子，相比之下，我倒是宁愿被他欺负……唉！难道我就是个天生喜欢被人欺负的命吗？不过他最后说的那句话，让我莫名地心安，一直以来的担忧也全都消散了，我连"他可能是骗我的"这种念头都没升起来。

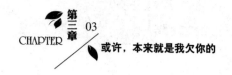

第三章 03
CHAPTER 或许，本来就是我欠你的

"喀喀。"假装咳了咳，我试图转移白泽的注意力，"既然你说欠我的，那你就放我回家吧。放心，我为人很大度，是不会记仇的，就当给你这个老师一个面子……"

我越往后说，白泽看我的眼神就变得越深沉。

"嗯？为人大度？不会记仇？给我这个当老师的一个面子？"

白泽的声音又恢复到一贯的慵懒，还带着丝丝危险意味，说话时，他还弓起背慢慢向我压来。原本就闷热的空气，因为他这一举动，让我觉得更加稀薄，难以呼吸。然而可恶的是，白泽似乎看穿了我的窘迫，竟然伸手捏了捏我的脸。

"这么红？"说话时，白泽的声音带着笑意，我就算不用眼睛看，听都听出来了。

可恶！可恶！白泽这个可恶的家伙！

事情再次偏离我的预计，不过这也在我的意料之中，因为自从和白泽交锋以来，我从没赢过，于是我果断地转移话题："为什么我看不见迷谷小妖？"

"为什么你要看见？"

"喂！都监视我了，还不让我看见，你也太过分了！"

哼，天知道它会不会在我洗澡时看见什么不该看的。我之前以为我看不见是因为迷谷小妖不在，到头来才发现它一直都在！

想着，我下意识地双手环抱放在胸前，愤愤地盯着白泽，满眼都是控诉。

"放心，我没兴趣看，虽然你曾热烈地表达过想做我新娘的心意。"

"什么热烈？什么新娘？怎么可能！"

　　"哦？你偷偷跟同桌传的字条，我可好好保管着呢。"

　　"什么字条……"

　　啊！不会是我跟小桃开玩笑传的那张吧！

　　见我一脸震惊的表情，白泽似乎猜透了我的心思，很欢快地点了点头，脸上的笑容温柔得让我连耳根都烧了起来。

　　"我，我那是，是开，开玩笑的。"

　　成为白泽的新娘，这种念头我以前没少想，不过自己偷偷想是一回事，被人说出来又是另一回事了。

　　"而且，你是异类，我又不是。"

第四章
CHAPTER
/04

不过是用命来当赌注罢了

说出这句话，我只是为了掩盖自己的尴尬，说完后却有些后悔了。虽然白泽并没有表现出不开心，但他却彻底直起了身子。

随着白泽高大的身影移开，狭小的范围突然变得开阔，连空气也没了先前的闷热感。微风中带着丝丝凉爽，可是我的心里像少了些什么似的，竟有些舍不得。

停停停！卫不语，你疯了吧！你还对白泽抱什么幻想！你们是不可能有结果的！

我甩开胡思乱想，抬起头时，正好看见了白泽的手。

"你的手……"看到白泽手背上还扎着几根刺，我不敢去碰，只能在一旁紧张地看着他。

"仙人球的刺而已，又不是刀，你还是先把你那打结的丑眉毛松开吧。"

"什么叫丑眉毛！哼！今天中午还有人夸我眉毛特别呢！"

"嗯，是挺特别。"

咦？我没听错吧？这家伙竟然赞同我的话？

"听说眉毛浅淡的人，容易看见不干净的东西。"

呃，我就知道他不会说什么好话！不过不管怎么说，他确实是为了救我才受伤的。

"不痛吗？"

在橘红色的光影中，我所站的角度只能看见白泽满是红霞的侧脸，他此刻正——拔掉手背上的刺，动作很快，还是那副眉头也不皱一下的表情。

听到我的问题，白泽侧头望了我一眼，眼角竟然有着淡淡的笑意。

变态！居然还笑！

"不痛。"说完，白泽继续低头拔刺。

回想起当时的情形，他竟然没有一点犹豫地就把手垫在了我的身后。或许，小小一盆仙人球对白泽来说，真的不算什么，更何况他还不是普通人，但对于已经记不清跌倒过多少次，却都只能自己站起来的我来说，这种被人保护的感觉真的很珍贵。

"对不起！作为班长，我确实不该等着老师发号指令后才去做事，我承认，我是因为你私自决定给我这个职位感到不满，所以才……不过，既然我当了班长，就应该尽职尽责，可我不但没做到，还把怨气发在你身上。现在，现在害得你受伤，我，我……"看着白泽受伤的手，我的眼泪哗哗地往下掉。

"好了。"温柔的声音在耳边响起，下一秒，他的手放到了我的头顶，动作很轻柔，"再说了，像你这个年纪的女生，该笑就笑，该哭就哭，该生气就生气，没必要老是压抑自己的情绪，装出一副小大人的样子，偶尔任性也是没关系的。"

透过模糊的视线，我看向白泽，感觉他像是置身在一片梦幻的场景中，很不清晰，却又有着说不出的美。

"讨厌！都这个时候了还有心情说教！谁要你教我该什么时候笑，什么时候哭，什么时候生气啊！"白泽的话不仅没有让我掉下的眼泪止住，反而哭得更凶了。

"作为你的老师，难道我不该关心自己的学生吗？"

老师？学生？难道他对我的关心，只是因为他现在是我的老师，而我是他的学生吗？

听到白泽的解释，我只觉得心里升起一股酸涩的感觉，让我难受得只想远远逃离。

"我不稀罕你假惺惺的关心！"说完，我一把拍开白泽放在我头上的手。

我刚拍开白泽的手，就听到他口中溢出一丝抽气声。

糟了！我怎么忘了他手上还有伤！

"怎么样？没事吧！我是不是打到你的伤口了？哎呀！我真是笨！一定是打到你的伤口了！我刚才是不是太用力了？要不要紧？我看我们还是先去医院看看吧！"

我抓住他的手，像倒豆子似的噼里啪啦冒出一大堆问题。而且这一急，不仅失控的眼泪止住了，刚才那种酸涩的情绪也被担心所代替。

"卫同学，你现在紧紧抓着我的手腕又是什么意思？"与我的紧张相比，白泽倒显得一派悠闲。

"我，我这是关心你！"

"可我受伤的是这只手。"白泽一边说，一边举起没被我抓住的手，伸到我眼皮底下晃了晃，"不过现在已经没事了，毕竟我的身体构造有些特殊，你还是赶紧打扫完早点回家，不然天黑之后，我可不敢保证你能看见什么东西。"

他笑了笑，一脸整蛊得逞的表情，然后悠然地离开了教室。我则黑着脸继续擦玻璃，心里暗骂白泽幼稚。

太阳一点点下沉，从前我眼中的美景，如今变成了催命符，我加快速

度收拾完就往校门口冲去。

此时的校园，绝大部分都被掩盖在阴影里，空旷的操场上只剩下我孤零零一人，高大的香樟树随着风左右摇摆，发出"沙沙"的声音。

我一路往校门口飞奔而去，只恨自己不能多长两只脚，心底的恐惧一点点冒出来，我只好大声哼着歌减轻这种恐惧。

就在我刚出校门的时候，一辆车从我身后飞速驶来，并且一个漂移稳稳地停在我面前，吓得我心脏差点喉咙跳出来。

"你这是什么见鬼的表情？"车窗缓缓降下，一张人神共愤的脸慢慢露了出来，坐在驾驶座上的人，不论是嘴角还是眼角都含着浅浅的笑意。

白泽！你这个坏蛋！你差点吓死我了！

当然，这些话我可不会说出来，因为一看白泽那笑意盈盈的模样，就知道他是故意吓我的，我觉得我迟早会被他吓出心脏病，而且看他那张欠揍的脸，哪有一点老师的样子。

"还傻站着干吗？上车，我送你回家。"见我呆呆地站在原地，白泽挑眉说道。

"嗯……不用了，谢谢白老师，前面就是公交车站，我坐公交车回去就好了。"

"白老师？"白泽重复了一遍我对他的称呼，没有对我的回答作出回应，眉毛再次挑起，搭在车窗上的手，食指有意无意地敲打着，表情像是在思考着什么，好一会儿才开口："'白老师'这个称呼也不错，不过我还是喜欢你叫我'英俊的店长'。"

"你，你怎么知道？"

奇怪！白泽怎么知道我私底下是这么称呼他的？在店里，我每次都是规规矩矩地叫"店长"，只有跟唐佳佳才这么说过……对了！唐佳佳生日

那天……不是吧，他真的听到了？

"你偷听我说话！"想起白泽可能得知我这么称呼他的原因，我大喊道。

"偷听？这怎么算偷听呢？我只是站在我的店里而已。"

居然不要脸地承认了！

看着白泽一脸云淡风轻的样子，他那温柔大方的形象也瞬间崩塌了。这家伙，明明就是"扮猪吃老虎"的一等高手！

"快六点了，你到底走不走？"他看了眼手表，再次催促。

"不用！我说了我可以坐公交车回去！"

哼！骗子！谁要你假好心！

我转过头不去看白泽，但仍能感觉到他盯着我看了一会儿。

"随你。"半晌，白泽开口，随后驾车离去。

看着那一股汽车尾气，我突然有些懊恼自己的行为，胸口更是闷闷的不舒服，有些委屈。

什么嘛！明明就是错在他！"英俊的店长"可以算是我的小秘密，就这样被他一副无所谓的样子说出来，是人都会生气啊！道个歉哄我两句会怎样……

等等！我为什么要他道歉哄我？

想到白泽拿一双勾人的桃花眼盯着我，微笑着道歉的样子，我只觉得耳根发烫，连脖子上的皮肤也一阵阵滚烫。

"讨厌！白泽是个讨厌鬼！"奋力甩开脑海里浮现的无数张白泽的脸，我朝着他离开的方向大叫。

"轰轰——"

一辆银色的跑车在橘红的夕阳中朝我驶来。

正是刚刚离开的白泽。

银色的跑车停在我身边。

在我一脸呆滞的时候，白泽"啪"的一下打开车门，走到我身边，一把将我丢到副驾驶座上，系上安全带，然后又是"轰轰"两声，一个掉头，车子再次驶离校门口。

风刮得我一头短发乱飞，总遮住我的眼睛，直到难受得险些流出泪水，我才总算反应过来。

"你……你怎么又回来了？"看着白泽被红霞染红的侧脸，我呆呆地问。

开车的时候，白泽仍然左手搭在车窗上，微微倾斜着身子，右手握着方向盘，显得很随意，仿佛我们所坐的这辆车只是件小孩子的玩具般。

白泽飞快地扫了我一眼，眼中的笑意很明显："都被人骂讨厌……"

"等等！等等！我知道了，还是别说了！"眼见最后一个字就要从白泽上扬的嘴中吐出，我赶紧打断，耳根处的温度微微上升，"我说，你不用监视我的一举一动吧。"

"你现在可是戴罪之身。"言外之意就是"还跟我谈什么条件"。

我理了理被风吹乱的头发，在白泽看不见的地方，悄悄对他翻了个白眼，然后才打量着跑车，摇头晃脑地说："作为祖国的园丁，竟然开这么豪华的跑车，小心被人查。"

"是吗？这可怎么办，我还有栋别墅呢。"

不要用这种高傲的语气说话好吗？

果断终止这个话题，我想起当初在咖啡店听到的毕方和白泽的"秘密"，好奇心再度被勾起。

"嗯，那个，白老师啊，你看，既然我是内部成员了，那你能不能告

诉我，你是拿什么去赌'青龙兽血液'的呀？"

"嗯？哪那个白老师？我们学校好像不止我一个白老师。"

这家伙！怎么这么难交流！

"当然是英明神武、无比帅气的您啦！"

"哦！原来你是在叫我，我有你说的那么好吗？"

"有！当然有！而且比我说的还好！您是不知道，我们学校有多少女生为你疯狂！"为了满足好奇心，拍马屁的本领我简直是手到擒来。

"你也跟她们一样？"

什么叫我也跟她们一样？为你疯狂吗？哼，我才不会呢！就算是，也是以前！不过为了那个好奇了许久的秘密，我还是点点头，双手捧在胸前，面露娇羞地望着白泽。

看到我的表现，白泽嘴角的笑意加深，慢悠悠地回答道："可是我那个时候还不是老师呢。"

"那您的意思是……"

"换个称呼！"

什么？换个称呼？难道是……

咬咬牙，我颤抖地开口："店长。"

"嗯，然后呢？"

"那个秘密……"

"你问谁？"

"店长，既然我已经是内部成员了，那您能不能告诉我关于'赌注'的秘密。"咬咬牙，我一口气说完。

这个白泽，绝对不是什么好异类，说不定是《西游记》里面的黑熊精变的！不然怎么这么坏呢！

"其实也没什么，不过是用我的命做赌注罢了。"

"可是万一你输了怎么办？"

"那就让自己做到不会输。"白泽说话的语气带着慵懒和悠闲，一副不痛不痒的神态。

街边的景色不断向后退，我趴在车窗上，耳边回响着白泽的话，心中说不出是什么滋味。

到底是什么样的经历，才会让他连豁出命都不在乎？

"咔嚓——"

就在我想得出神时，耳边响起一个轻微的声音，接着，悠扬的音乐便在车内响起。

"其实你是个心狠又手辣的小偷，我的心我的呼吸和名字都偷走；你才是绑架我的凶手，机车后座的我吹着风逃离了平庸；这星球天天有五十亿人在错过，多幸运有你一起看星星在争宠；这一刻不再问为什么，不再去猜测人和人，心和心有什么不同……"

这首歌是五月天的《私奔到月球》，只是现在听起来，怎么都觉得气氛有点暧昧。

"呵呵，想不到白老师也喜欢五月天啊。"受不了甜蜜的歌词，我出声说道。

"歌好听就行。"

"哦，这首可是男女对唱的歌。"话刚说完，我就恨不得抽自己两耳光，因为我这话怎么听都有点暗示什么的意思啊！

果然，白泽再次挑起眉毛，而我则僵着脖子，准备好接受一切"后果"。

嗯？没了？

是的，没了。白泽只是挑眉看了我一眼，笑了笑，然后就继续看向前方。

"对，对，还是安全比较重要！"不知道我是放下了心，还是因为没听到白泽的回答有些失望，下意识地喃喃说道。

"扑哧。"这次，白泽干脆笑出了声。

我真是要被自己的愚蠢弄哭了！"精明的卫不语"去哪里了！真是越说越错啊！我还是闭嘴吧！

车里只剩下流动的欢快音乐……

"白老师，谢谢你送我。"

白泽将我送到石桥旁，下车前我礼貌地道谢。

怎么说我也是个德智体美劳全面发展的好学生，继承了中华民族懂礼貌的优良传统，但是比起我，白泽却连个"嗯"都没回应。

"还当老师呢，真没礼貌。"我边解开安全带边小声嘟囔，就在安全带扣"啪"的一声解开时，它又"啪"的一声扣上了。

"你，你要干什么？"

此时的情况有些复杂，我的手放在安全带扣上，而白泽的手则压着我的手，也就是说他把安全带重新给我扣了回去。

听了我的话，白泽还是没有回答，只是眯眼盯着我。

"你，你不能言而无信！你说过不会伤害我的！"或许是白泽的目光太过深邃，我根本猜不到他想干什么，连说出口的话都显得格外无力。

难道他听到我说他没礼貌，所以生气了？不会吧，我刚才声音小得连我自己都没听清！

时间一点一点流逝，我就这么和白泽大眼瞪小眼地望着对方。说实话，其实这也没什么好害怕的，但是不知道为什么，我看着白泽近在咫尺的脸，心里的担忧竟然慢慢转变为羞涩，全身上下每个细胞都在叫嚣着：太近了，太近了！

"你脸红什么？"带着笑意的话打破寂静，白泽说完，伸出手碰了碰我的脸。

"我哪，哪有脸红！"眼见白泽笑了，我大着胆子推开他，再次去解安全带。这次，白泽没有阻止我。

"离他远一点。"下车后，我关好车门，白泽从打开的车窗望向我，再次开口。

"什么？"

"中午你在楼顶碰到的那个男生，离他远一点。"

"你说苏麒吗？"

"苏麒？你们还相互自我介绍了吗？"

"他是帖吧大红人，去过帖吧的都知道，不过我好像忘记告诉他我的名字了。"

我真是糊涂，白白吃了别人的午餐，竟然连名字都没告诉对方……不过，我们下次应该没机会再碰面了吧，毕竟苏麒可是人称"神龙见首不见尾"的。

"那你以后也不用告诉他了。"我还在思考会不会碰到苏麒的问题，白泽毅然出声打断我的思绪。

"为什么？"

"没有为什么。"

"我要跟谁交朋友是我的自由，你未免管得太宽了！"

"哦？我管得宽？"

"难道不是吗？"

HUSH
DEAR
白泽大人的
DEAR'S
嘘 密 秘
SECRETS

也许是我对白泽的态度太好了，这家伙竟然得寸进尺要求我这要求我那，我这次一定不能轻易认输！

我挺起胸膛，一脸坚持，用眼神无声地传达着"绝不服输"的信息。白泽面容淡淡地看了我许久，突然撇嘴一笑，什么也没说就开车离开了。

看着银色跑车后的一溜尾气，我难以置信地眨了眨眼睛。

这是什么情况？他这是认输了？这可是我生平第一次赢了白泽！

哼着小曲儿，我一路蹦蹦跳跳地回家，心里美滋滋的。

"啦啦啦，啦啦啦……"走到校门口，我一边晃着手中随处摘来的树叶，一边随意哼着歌。

"卫小语！"身后，某女扯着喉咙喊。

不用看，除了唐佳佳，没有哪个女生的声音如此浑厚。

"一大早的，你心情不错嘛，还哼起歌来了。"唐佳佳小跑到我身边，习惯性地揽着我的肩说。

"大惊小怪，我又不是没哼过。"我白了唐佳佳一眼，把手中的树叶朝她丢去，颇有"小李飞刀"的气势，不过被她躲过去了。

"那怎么能相提并论呢！你以前哼的都是'小燕子穿花衣'，今天哼的可是五月天的'私奔到月球'。"

"是，是吗？我刚才哼的是那首歌？"

"当然了，难道你自己哼什么都不知道？你不会真的进入了'恋爱中的少女智商都为零'的阶段吧！"唐佳佳说完，双手抓住我的肩，前后摇晃。

"说！是谁！你竟然背着我……嗯？"

唐佳佳充满威胁的语气让我一下子清醒过来，连忙否认："怎么可

能！你想多了！"

"哦？是不是苏麒？他还在帖吧回复你！"

"怎，怎么可能！我跟他根本不熟！我不是跟你说过了嘛！"

"你要是骗我……"唐佳佳脸上的表情越加狰狞。

"我怎么会骗你呢！你可是唐大小姐……"

"早。"

就在我对唐佳佳万般保证的时候，迎着晨曦的光，穿着校服的男生从我们身边经过，然后对着我微微点了一下头，用平淡却又不让人觉得冷漠的声音说道。

金色的光芒刺得人连眼睛都睁不开，洒在男生略显冷漠的五官上，让他看起来像是手拿长矛的战神——高大，威严。但是，有句话叫"人不可貌相，海水不可斗量"，大概所有人都想不到这样一个酷劲十足的男生，他的真实性格却很"怪异"。

不过，现在可不是考虑这些事的时候！

男生对我打完招呼后就往教学楼走去，剩下震惊到僵硬的唐佳佳紧紧盯着我。

"那个……佳佳，你听我说啊，我跟他真的不熟。如果你有话要问我，等中午的时候去楼顶我再告诉你。现在快上课了，我先走一步了。"说完，不等唐佳佳反应过来，我撒腿就跑。

苏同学！我是招你惹你了啊！你是跟我八字不合吗？这招呼也打得太是时候了！

"卫——不——语！你最好给我个交代！"

就在我跑开一段路程之后，身后响起唐佳佳惊天动地的叫声。高分贝的声音震得香樟树树叶直往下掉。

我擦擦额头冒出的细汗，拍着胸口平复心跳。

呼！还好我跑得快！不过，想起跟苏麒第一次见面的情形……这种事情，当然不能在校门口说啦，尤其是唐佳佳那个一惊一乍的家伙，我看还是等中午带她去教学楼楼顶说吧！

我一边思索着，一边往教室跑去。当我一脸狼狈地跑进教室时，发现同学们都用怪异的眼神看着我。直到我走到座位上，大家才收回好奇的目光，交头接耳低声议论起来。

嗯？是我脸上有什么脏东西吗？

"小语，你没事吧？"我刚把书包放到桌子上，小桃就凑过来关心地问道。

"我能有什么事？"

"有人说，你……"

"我怎么了？有话就直说，你什么时候也变得这么吞吞吐吐的了。"

"有人说你勾引苏麒，今早在校门口跟唐佳佳吵架了。"在我的催促中，小桃两眼一闭，飞快地说完。

"我勾引苏麒？这和我跟唐佳佳吵架有什么关系……"话说到一半，我突然反应过来，"你的意思是，有人说苏麒是唐佳佳的男朋友，而我背着好朋友勾引她的男朋友？"

听了我的话，小桃点点头。

"你别生气啊！这都是些无聊的人造的谣，我们都不相信。"小桃说完，周围平常跟我玩得不错的女生，都跟着点头表示肯定。

"我没生气啦！"

"真的吗？"

"那当然了，我卫不语是什么人啊！你以为什么事情都能惹我生气

吗？不过我还是要谢谢大家的关心。"

经过我的再三保证，小桃她们总算放弃安慰我的想法，坐回到各自的座位上，拿出书本准备上课。

不是我故作大方，其实我是真的不在意，制造谣言的人不就是想看我惊慌失措吗？况且那些事我根本没做过。

"丁零零——丁零零——"

随着上课铃声响起，白泽拿着课本走进教室。看着他扣得整整齐齐的衬衣扣子，我脑海中不自觉冒出昨天他开车时的画面。

精致的锁骨、充满力量的胸膛线条，在轻快的音乐中，白泽一派悠闲地握着方向盘……

"小语？小语，你没事吧？你脸怎么这么红？"在我发呆时，耳边响起小桃惊慌的声音。

"啊！没，没事！"思绪回到现实中，我懊恼地低下头。

"在上课之前，我有件事要说。"白泽没有马上讲课，而是双手撑在讲桌上，粗略地扫了底下的学生一眼，缓缓开口，"我一直认为，比起成绩，一个学生的人品更加重要，因为知识可以再学，人品却很难重塑。"

听到白泽说这话，同学们发出了细碎的声音，大家似乎猜到他接下来要说什么。

"关于早上的事，我不想揪出谁是始作俑者，但也不希望这样的事情继续发展下去。能在这么短的时间想出如此完美而无厘头的情节，可见此人功力之深啊！"

本是警醒的话，白泽说到后来却逗得大家哈哈大笑。在同学们的一片笑声中，我抬头正好对上白泽朝我望来的目光，虽然很快，但我在他眼中看见了一丝担忧和隐约的怒气。

担忧？他怎么会为我担忧呢？倒是怒气，应该是针对我的吧，气我给他这个班主任惹麻烦。

我撇撇嘴，在白泽"开始上课"的声音中，翻开课本。与此同时，我突然觉得脊背一阵发凉，回头望去，正好撞上李怡萱冰冷的眸子。

这眼神，就像我跟她有什么大仇似的，除了上次洗手间门口算不上争论的争论，我好像跟她没什么接触吧？难道她是苏麒或者白泽的崇拜者？

有了白泽的警示，关于"抢好朋友男朋友"这种谣言总算没有流传开来。

上午的课程一结束，我便朝超市跑去。

我现在可是"负荆请罪"的身份，虽然没有"荆"，但食物还是不能少，听说饿着肚子的人最容易生气了。

拿了一大堆东西，心痛地付了钱后，我提着袋子走出超市，却不想在门口撞见了李怡萱。

"我还以为你多有本事呢，攀上白老师当了班长不满足，还要去勾引苏麒，到头来连这么点小事也要白老师解决，我看你的班长职位不会也是叫白老师'帮忙'得来的吧！"李怡萱在说"帮忙"这两个字的时候，语气格外暧昧，听得我一阵恼怒。

"别把你肮脏的想法放到白老师身上。"

"我昨天可是亲眼看见你上了白老师的车。"

"那又怎么样，昨天太晚了，白老师好心送我回家也不行吗？你要是嫉妒的话，你今天也留下来打扫教室嘛！"

"你！"

"你什么你！别以为我不出声就是好欺负！我原本以为你只是个心态有些高傲的大小姐而已，现在看来，我还是太高估你了。白老师说得没

错，成绩不好可以再学，而人品却是学不来的。"

　　我说过，我不是喜欢主动惹麻烦的人，有时候能忍则忍，像上次在洗手间，我也没说过分的话，只是这次不知道为什么，我格外生气，难道真的是因为李怡萱把白泽牵扯进来的缘故？

　　"像你这种有爸妈疼爱又衣食无忧的小公主，大概也找不到优点特长了，所以只能跟人攀比来找寻优越感吧？关于这点，我只能说，很抱歉，我帮不了你。"说完，我耸了耸肩，露出一副"实在不好意思"的表情，然后潇洒转身。

　　事后，我觉得我当时一定酷毙了，那真是极有内涵的骂人方式！看来多读点书还是有好处的，要是被骂的人脑袋不怎么灵光，说不定还听不出来你在骂他呢！

　　我哼着小曲儿往楼顶走去。以我现在的心情，就算是看见唐佳佳和苏麒在一起也不会受影响。

　　"哦，原来是这样啊！小语那丫头不小心闯进游泳室，这也是你们第一次见面。那你当时是不是正在游泳啊？裸着上身？只穿了一条泳裤？还是……"

　　我推开楼顶的门，一眼就瞧见唐佳佳和苏麒并排坐在墙边，而唐佳佳正用那高分贝的声音毫不掩饰地重复着我跟苏麒第一次见面的场景，我顿时觉得身后有一道天雷劈下。

　　记得外婆常跟我，做人不要说大话，因为说大话的下场，往往是很难收拾的！

　　仁慈的主啊！我收回我刚才那句"就算是看见唐佳佳和苏麒在一起也不会受影响"的话，求求您让时间倒流吧！

　　"哎哎哎！唐大小姐！小的来了！您久等了！"我赶紧打断唐佳佳的

话，一个箭步上前，把手中的袋子丢在唐佳佳身上。

"你怎么才来啊！我都快饿死了！"

美食的诱惑果然很大，唐佳佳一见怀中的袋子，立马转移注意力，埋头寻找食物。

趁这空当，我见缝插针地挤进了唐佳佳和苏麒中间，因为我可不希望唐佳佳继续那个"苏麒在泳池穿了什么"的话题。

"嘿嘿，好巧啊！"我抬起头，对苏麒露出一个僵硬的笑容。

穿着校服的男生，鬓角剃得很短，五官因此看起来很干净，脸部的轮廓也显得格外清楚，紧抿的唇有一丝"生人勿近"的感觉，不过那双眼睛却十分纯粹，甚至带着一点茫然，显得有些可爱。

"我和佳佳等你好久了。"

"佳佳？"苏麒的称呼让我讶异地挑起眉毛。

这才认识多久啊？

"嗯，是她要我这么叫的。"

看看，我就知道，虽然苏麒的思维十分"扩散"，想象力也十分"丰富"，但喊出这么肉麻的名字，并不像他的风格。

"卫不语，你这是什么表情，是在怀疑我的品位吗？嗯？"一手面包，一手冰激凌，唐佳佳在"百忙"之中扭头说了句。

"咦？我脸上的表情有这么明显吗？"

"哎！你这是要造反吗？"

"哎哟！唐大小姐！小的哪儿敢啊！"

我和唐佳佳正你一言我一语斗得火热，突然，唐佳佳整个人愣在原地。

"喂？你抽什么风？"我挥挥手，试图拉回唐佳佳"出窍的元神"。

唐佳佳张着嘴，简直可以吞下整个鸡蛋，连个斜眼都没有给我，伸手指了指我身后。

见状，我扭头往后望去。

空气中浮动着夏日的味道，藏在香樟树上的蝉依旧不知疲倦地鸣唱着。思绪一晃，我想起曾经在网上了解到的关于"世界末日"引起的恐慌的内容，顿时觉得眼前这个状况应该也能引起四叶学院的恐慌。

一头浓墨般短发的男生，额前的头发遮至眉毛处，浓而密的睫毛沾染上细碎的金色光芒，唇角上扬格外好看，简直让人移不开目光。

我总算知道为什么连唐佳佳这种见过大风大浪的人也会有如此失态的时候了，怪只怪苏麒的笑容实在太过夺目，即使我已经看过一次，还是有些把持不住呢！

"你们看起来比家人还亲密，这就是朋友吗？"唇边的笑意不减，苏麒轻声开口，眼里带着一丝渴望。

"我们确实是朋友，也像家人一样亲密，但是不能说'比'家人还亲密。"

"那家人是什么样子？"似乎不能理解我话里的意思，苏麒再次开口，"尊重，距离，嗯……还有什么？"

"距离？你是说父母给孩子一定的私人空间吗？"

"是不管，也不能管，或者说没资格管。"苏麒一边说，一边努力寻找措辞。

"没资格？做父母的怎么会没资格管自己的孩子呢？像我，即使再不喜欢那些粉色的蕾丝裙，还不是屈服在我老妈的威严下！"回过神的唐佳佳也插了一句。

"对啊，你不会是从哪儿看来的新闻吧？"我附和着唐佳佳的话，猛

点头。

"那家人到底是什么样子的？"

"家人可以互相吵闹，闹完后还跟以前一样亲密，而且我能欺负自己家的人，外人却不能欺负。"唐佳佳一边嚼着薯片，一边说道。

"还有吗？小语，你是怎么想的？"

"除了佳佳说的，我觉得家人就是吃同一种食物，喝同一杯水，睡同一张床，穿同一件衣服也不会觉得脏的人。"

"是吗……"听了我的回答，苏麒若有所思地点着头。

"对了，苏麒，你吃午饭没有？这里还有好多零食。"说完，我拿出面包和干脆面递到苏麒面前。

"谢谢。"苏麒笑着接过我递给他的东西。

金色的阳光不知从什么方向照进这块阴凉的地方，朦胧的光晕恰好映照在苏麒伸过来拿零食的手背上。他的手背竟泛着些许蓝色，这让我不由自主地想起跟苏麒第一次见面时，我离开游泳时所看见的画面。

亮亮的、透明的蓝色鳞片……

第五章
CHAPTER

/05

白大怪，我更愿意被你吃掉

"等等！"就在苏麒缩回手时，我猛地反手抓住他的手腕。

"嗯？"苏麒略微睁大眼睛，满脸茫然。

借着阳光，我再次细细打量他修长的手，然而这次什么也没看见。

"嗯……我想起袋子里还有冰激凌，还是先吃那个吧，不然待会儿就化了！"愣了愣，我硬着头皮转移话题，然后从袋子里找出最后一盒冰激凌递给苏麒。

幸亏我刚才买了两个冰激凌，不过这个盒装的，我原本是打算留给自己的。

"我吃了，你吃什么？"苏麒很有礼貌地问了我一句。

"我不吃啦，没关系的。"

"可是……"苏麒往袋子里瞧了瞧，"这是最后一个了。"

"没事，天气还有点凉，我打算过几天再吃。"我讪笑地看着苏麒，然后一把揽住唐佳佳，"再说了，如果我要是真想吃的话，我还可以吃佳佳的嘛！"我转过头，满脸笑容地看着唐佳佳。

"可是我刚吃完。"

唐佳佳，有你这么拆台的吗？我挤眉弄眼，跟唐佳佳用目光传递着内心的对白。

"关我什么事啊！谁让你不早说，你为什么不早说，你要早说嘛，你怎么不早说呢，你早说嘛……"唐佳佳的目光里无限循环着《西游降魔》

的台词。

"你可以吃我的。"就在我和唐佳佳"暗自交流"时，苏麒突然来了这么一句，惊得我和唐佳佳同时"唰"的望向他。

"不，不用了，我，我真的不想吃。"

"没关系，我不嫌你脏。"

呃……我嫌你脏行吗？

我的拒绝对于苏麒来说完全不起作用，他一边用扁平的小木勺挖了勺冰激凌递到我嘴边，一边说："要是你没钱的话，下次可以跟我说，我给你。"

听到这句话，我只觉被我揽住的唐佳佳身体一震。

唉！想我被苏麒设定为"坚强的穷苦人家的孩子"时，我比她更震惊呢。

"不，不，真的不用。"

"没关系，我真的不嫌弃你。"

我一再拒绝，苏麒一再坚持，最后我两眼一闭，飞快地吃下木勺上的冰激凌。

虽然我经常恶作剧地在唐佳佳的勺子上留下口水，但面对苏麒，我的小心脏可承受不住。

见我终于吃下冰激凌，苏麒满意地准备再挖一勺。

"等一下！"眼见木勺要落到香甜的奶油上，我出声制止道，"这头我刚刚碰过了，你还是换一头吧。"

"为什么？我并不嫌你脏。"苏麒微微皱着眉，语气中满是不解。

"可是，可是……这不是脏不脏的问题，因为我总觉得……"下面的话，我还没说出口，苏麒已经挖了一勺奶油放进口中。

甜甜的奶油，入口即化，带着黏稠的香味，像是化不开的蜂蜜，丝丝凉意，从舌尖一直蔓延到心里——这本是我对代表着夏天的标志物品唯一的印象，但是在今天，我这唯一的印象被刷新。

"间接接……"

唐佳佳突然大声叫道，好在我及时捂住了她的嘴。

"间接接什么？"我动作再快，苏麒还是一字不落地听到了。

"呵呵，呵呵，她说的是见——姐姐！对！我差点忘了，她中午要去见一位学姐，我们就先走了！"有些狼狈地交代完，我保持捂着唐佳佳嘴的姿势，飞快地逃离楼顶。

唉！不过一顿饭的时间，我怎么觉得跟打了一场仗似的，真是费力又费神，还考反应能力！不过……刚刚苏麒的行为不算间接接吻算什么！虽然我连牙齿都没碰到木勺，可还是觉得太亲密了。

"卫不语！你给苏麒下什么迷药了？还不从实招来！"远离楼顶后我才放开唐佳佳，刚被放开，她就摆出"关公耍大刀"的造型，一脸严肃地问我。

"女侠饶命！我发誓我什么也没做过！"我双手举过头顶惊恐地说道。我真是比窦娥还冤。

"可是为什么我总觉得苏麒对你格外好呢？他不会是喜欢你吧？"

"怎么可能！你想想苏麒刚才看我的眼神，哪有一点像喜欢！"

"嗯……也对。"愣了愣，唐佳佳赞同地点着头，"对了！他这么做不会是因为你说的'家人'的那套理论吧？"

"啊？好像是有些像……难道他之前是在说他自己，不是从新闻里看来的？"

"这我怎么知道，我又不是搞户口调查的，不过要是真的，苏麒也太

可怜了。"

"是啊，果然人无完人，就像你，表面看起来青春洋溢，内心却'腐败'不堪。"

"什么不堪！卫不语，你再说一次！我那是多方面发展！"

"再发展你就要单身一辈子啦！"

我和唐佳佳一边斗嘴，一边往楼下走去，但是我脑海中不自觉地想起苏麒说话时渴望的眼神。

虽然苏麒思维奇特，不过人也不坏，如果他愿意，我也不介意和他当朋友……不过，这话要是被唐佳佳知道了，她一定会反驳我，因为她认为就算交朋友，也是我高攀上了苏麒。

由于唐佳佳的教室在我们教室楼上，跟她道别后，我还得继续往下走。

"白老师？你怎么在这里？"刚绕过楼梯转角，我就看见了倚在墙上的白泽。

"你为什么从楼上下来？"

白泽歪着身子，仅用肩部抵着墙壁来保持整个身体的平衡，双手交叉放在胸前，神态悠闲得像是在自己后花园看风景，而他此刻的表情有些晦暗不明，看起来似乎不开心。

"哦，我去找朋友。"

"嗯？"他挑眉说道。尾音上扬，这是典型的白泽式威胁。

我清清嗓子，再次更正："楼顶，我，唐佳佳，苏麒。"

"嗯。"这次，白泽颇为满意地点点头。

你这表现不是摆明了警告我，我的一举一动都在你的掌握中吗？那你还问我做什么！

"白老师，你找我有事吗？"

"看来，你并没有把我昨天的话听进去。"

昨天？他是指叫我离苏麒远一点吗？

"可是我昨天也跟你说过，我跟谁交朋友不用你管。"

听了我的话，白泽再次露出神秘的笑容。

"我只是怕你后悔，看在你还要帮我找《山海经》的分上，好心提醒你一下。"

"谢谢，我不用你'好心'提醒，你还是快点找《山海经》吧，要我帮忙也请尽早。"

这种每天被监视的日子，我真是受够了。

我不想再跟白泽纠缠下去，低头走下楼梯。但是就在我绕过他时，他突然拉住了我的手。

"你要干吗？"我有些慌乱地问道。

"要不要考虑换掉内部职员的头衔？"

"什么？"

"要不要做家属？"

白泽这句话一出口，我顿时呆住了，心里悸动不已。

不行！不行！卫不语，你可不能被白泽的三言两语迷惑了，他现在可不是你的店长！

"你，你什么意思？"虽然我在心里一遍又一遍告诉自己要理智，可还是忍不住求证。

这次，白泽盯了我许久，我看见他墨黑的眼眸里又出现了那种复杂的情绪，我还记得上次看见他这种眼神就在昨天。

"没什么，你回教室吧。"半晌，白泽压下眼底的情绪，然后放开

我，转身往办公室走去。

看着白泽的背影，我竟然觉得有些失落，我现在甚至搞不清楚自己到底是害怕他，还是像以前一样……喜欢他。

喜欢的眼神……白泽刚才看我的眼神是喜欢的眼神吗？如果不是，为什么我的心跳会这么快……

"小语！小语！"

放学后，刚走出教室，我就听到了唐佳佳的声音。

"快来快来，快看我发的有关苏麒帖子，短短一下午，我的经验竟然升了两级！"

瞧她那样，也不知道是开心跟苏麒"偶遇"，还是开心"经验"升级。

"你怎么了，怎么一副有心事的样子？"

"有吗？"我拍拍自己的脸，扯出一个僵硬的笑容。

"你还是别笑了，我怕晚上做噩梦。"

呃……

"不过你到底怎么了？中午我回教室前见你还好好的。"

"我下楼梯的时候碰到了白泽，然后他对我说了一些很奇怪的话。"

"奇怪？"

"嗯，他问我要不要做家属。"

我的话音落下后，唐佳佳瞪着眼睛看了我十几秒，然后一掌拍在我的手臂上大叫道："卫不语！这是表白啊！然后呢？你答应了没有？"

"可是我后来再问他是什么意思的时候，他说没什么，叫我回教室……"

我揉着疼痛的手臂——唐佳佳，你这一掌拍得也太狠了！

"你！你这是什么脑子啊！还问什么，直接扑上去啊！"

事实证明，找唐佳佳帮忙解决我的烦恼，只能让事情变得更麻烦，因为我不能告诉她我犹豫的前提是：白泽是个异类。

回家的路上，我脑海中一直循环播放"要不要做家属"的话，直到走到石桥边才回过神。

咦？那不是苏麒的弟弟吗？他怎么一个人在河边玩？

小男孩还是一副"沙和尚"的打扮，他手中拿着根草在河面划来划去玩得很开心，不过奇怪的是，今天苏麒竟然没陪他。

"苏麒这个哥哥也太不负责了吧，怎么能让小孩一个人在河边玩呢，多危险啊！"

仿佛是为了印证我的担忧，我刚这么想，小男孩就"扑通"一声掉进了河里。

见此情景，我拔腿就朝河边跑去，但同时，出乎我意料的事情也发生了。原本应该栽进水里的小男孩，此时竟稳稳地躺在河面，就跟我踩在陆地上一样！

一瞬间，我脑海中冒出白泽神秘的笑容，还有那句"我只是怕你后悔"。

怎么可能！苏麒竟然是异类！

我把书包紧紧抱在胸前，一路狂奔回家，在经过石桥时，更是直接闭着眼睛冲了过去。

"可恶，白泽一定知道苏麒的真实身份，他居然不告诉我！"我躺在床上，一想到白泽可能躲在哪儿偷偷看我笑话，就恨得牙痒痒。不过转眼一想，也许苏麒只是跟我一样，并不是异类，只是看得见异类而已呢？

"嗯！这还是很有可能的！毕竟白泽那家伙十分狡猾，说不定就是想吓唬我。"

再三安慰自己后，我渐渐入睡，但心里的担忧还是在梦里显现了出来，我梦到无数个苏麒在追我。

长着鼹鼠鼻子的苏麒、长着青蛙脚的苏麒，长着一对大翅膀的苏麒，长着一身红毛的苏麒……

"卫不语，你不会是因为白老师喜欢你的事，兴奋得一夜没睡着吧？"被"苏麒"折磨了一整晚，第二天醒来后，我变成了"国宝"，中午刚碰到唐佳佳就听到她贼兮兮地说道。

"我说唐佳佳，你能别跟我提这个了吗？"我这不是兴奋，你从哪里看出我兴奋了！

"好吧好吧，看在你心情不好的分上，我就饶了你，我去那边买鸡腿。"

"我去那边买红烧肉。"

"谁先买完谁就去占座。"

"好。"

我点点头，端着餐盘往卖红烧肉的窗口走去。

苏麒可能是异类这件事给我带来的震撼，虽然不如白泽带给我的猛烈，但是让我产生了一定的副作用。鉴于我跟他吃过同一个冰激凌，现在的我虽然对"青龙兽血液后遗症"免疫了，但是冰激凌又被加入了我的黑名单。

呜呜呜，老天啊，我这是造的什么孽，为什么我喜欢吃的东西都一个个离我远去！

HUSH
DEAR
白泽大人的
嘘，秘密
BAIZE'S
SECRET

"一份红烧排骨！"隔着透明的塑料窗口，我盯着色香味俱全的红烧肉大叫道。

"同学，今天有宫保鸡丁，要不要试试？还有最后一份，很好吃哦！"

"好啊！"

听到我的回答，打饭师傅抓起大勺对着色泽诱人的宫保鸡丁挖下去。看着那金灿灿的鸡肉，我顿时觉得口水四溢……

突然，在我一个眨眼的空当，有人将我看上的宫保鸡丁抢走了。

谁？到底是谁？是谁抢走我的宫保鸡丁？这明明是我看中的！难道不懂什么叫先来后到吗？

我怒瞪着双眼，一双上扬的桃花眼突兀地闯进我的视线。

桃花眼的主人跟我对视了一眼后，礼貌地笑了笑。一瞬间，天地间所有的光芒仿佛都集中在他一个人身上，让周围的人俨然忘了自己手上的动作。

哎呀！我怎么忘了这是教师专用窗口！

"怎么？卫同学也想吃这道菜？"看到我一脸还未来得及收回去的怒气，白泽佯装惊讶地问道。

听到他的话，我心中暗骂他卑鄙，脸上却笑眯眯的，推让道："既然白老师想吃，我就买红烧排骨好了。反正我一直都吃那个，今天不过听人介绍，想试试新菜而已。"

"没关系，要是卫同学想吃，那老师这份就给你好了。"不等我回答，白泽便径直交换了我们俩手中的餐盘。

他的行为瞬间获得大家的赞叹。

"那是一年级三班新来的代理班主任白泽吗？"

● 白大怪，我更愿意被你吃掉

"是啊，是啊！是不是很帅？我早跟你说过了！想不到他除了人帅，行为举止也那么贴心，那么有绅士风度。"

"真希望我也在三班啊！每天看着这么帅的老师，上课都会认真多了！"

耳边的议论声此起彼伏，我托着手中的餐盘，真想接上一句"他不仅不是普通人，还不是人"！什么贴心，什么绅士风度，我看他明明就是故意的。

不过事到如今，我也只能笑着接受了白泽的"好意"。

然后白泽端着我原本的餐盘，微笑着跟窗口内的人说道："给我来份红烧排骨。"

"白老师，既然我这份宫保鸡丁是你买的，那你那份的钱就由我来出吧。"压下心中的咆哮，我尽量使自己的表情看起来不那么愤恨难当。

"卫同学真是有礼貌呢，不过哪有老师要学生请客的道理，你这份心意还是以后再还我吧。"

看着白泽一脸善解人意的微笑，我顿时觉得手中一份小小的宫保鸡丁犹如有千斤重。

看吧，我就知道他不安好心，先是抢了宫保鸡丁不说，后来又做了个顺水人情，最后还让我落得个欠他一份"心意"的下场，这家伙也太腹黑了！

"你是不是早就知道苏麒……不是正常人啊？"打好菜，我端着盘子跟在他身后，小声开口。

"什么叫不是正常人？"

"就是……就是异类。"

"嗯，我早跟你说过离他远一点儿。"

天啊！苏麒真的是异类！怪不然我的暗示法没用，还是在梦里被他追了一整晚！

"那你为什么不直接告诉我？"

"别人说一百句不好，也抵不过你自己的想法。况且，你之前还觉得我会害你。所以，就算我告诉了你，有用吗？"白泽的话里带着淡淡的委屈，"再说了，如果是你自己发现他的身份，应该会更讨厌他吧？"

"你，你什么意思？"

"字面意思喽，我就是希望你讨厌他。"白泽说完，俏皮地眨了眨眼睛，临走前还"好心"提醒我："我听说，要是做噩梦的话，在枕头下放剪刀很有效哦。"

关于"希望我讨厌苏麒"的话，白泽没有给我明确的答案，我也不敢随便猜测，再加上昨天"家属"的话，我现在只觉得脑子里一团糨糊，端着餐盘往唐佳佳那边走去时整个人都是迷迷糊糊的，直到听到她的"招魂尖叫"。

"帖吧又有人放苏麒的新照片了。"

"哦。"相比唐佳佳的兴奋，我显然意兴阑珊。

哼！这个骗子！亏我还觉得他是个好人，不但没有排斥他的接近，还想着把他当朋友！

"咦？小语，苏麒好像是在你们班教室里？"

"什么？"

"哇！真的是你们教室！你说苏麒是不是去找你的啊？"

唐佳佳的猜测像是一枚重磅炸弹，轰得我立刻清醒。

"不可能！他应该只是路过！"

"路过就路过，你这么激动干吗……"看着我紧张的模样，唐佳佳满

脸疑惑。

面对唐佳佳的疑惑，我只能咽咽口水，赶紧埋头吃饭。

唉，我现在真是说多错多。

终于在唐佳佳的喋喋不休中结束了难熬的午饭时间，我刚回到教室想清静清静，小桃又扑了上来。

"小语！你终于来啦！"

"怎么了？"

"你是真不知道还是假不知道啊？"

"我可没招惹谁的男朋友啊！"

我还记得上次小桃摆出这副吞吞吐吐的模样时，发生的可不是什么好事。

"哎呀，你想哪里去了。"

"那发生了什么事？莫非S又出新专辑了？"

"没有，不过S上次的签售会我倒是错过了，每次想起来我就……哎！不对！我不是想跟你说这个！"

"那你到底想说什么啊？"看着小桃一惊一乍的样子，我忍不住笑出声，不过，很快我就笑不出来了。

"今天苏麒来我们班教室找你啦！"

"苏麒？不可能吧？你是不是看了帖吧的照片？我告诉你，你可别乱猜啊，说不定别人只是路过。"

"我才没有乱猜呢！我当时就在教室里，还有李怡萱也在，不信你问她！"

顺着小桃的视线，我看到了李怡萱。

李怡萱还是一副高高在上的表情，我望向她的时候，她也正好望向我。我们的视线刚接触到，她便把头转开了，而她眼里对我的厌恶也毫不掩饰。

"找我就找我吧，说不定他有正事呢。好啦，你别多想啦！"我笑了笑，拉着小桃往座位走去。

李怡萱跟那几个女生在洗手间说我坏话的事，我没有告诉过小桃和唐佳佳。不是我怕，只是觉得没必要。我也知道李怡萱不喜欢我，从我当上班长那天起，她就讨厌我，像她那么骄傲的人，也许是觉得输给我很不甘心吧。

放学的时候，天空中满是红通通的火烧云，像是一片燎原的火焰，吞噬了大朵大朵的白云，也染红了蓝色的天空。壮丽的景象，让人觉得危险而刺眼。

下车后，我站在公交车站牌旁，正欣赏着天边的火烧云，突然，一股诡异的感觉袭上心头。

"窸窸窣窣——窸窸窣窣——"

支离破碎的风声不知从哪个方向吹来，让人毛骨悚然，我耳边的短发也被吹得直往眼睛上扑。

我眯着眼睛，把阻挡视线的头发向后拨开，然后那莫名其妙出现的风，又莫名其妙地消失了。

"嘻嘻，嘻嘻……"

回音般的笑声在空气中飘荡。

谁？

"是你？你怎么会在这里？"

"嘻嘻，嘻嘻。"

"你能不能别这样笑，听起来怪恐怖的。"

"嘻嘻，嘻嘻。"

亚麻色的头发扎起一半垂下一半，打着卷儿的发梢让面前的女生看起来像是个小公主，不过那双无论何时都睨视着别人的眼睛，此时却空洞地望着前方，活像只提线木偶——没错，仅仅在我一眨眼的时间就出现的女生正是李怡萱，只是她的表情看起来有些奇怪，望着我的视线仿佛穿过了我的身体。

"喂，李怡萱，你别笑了。"

受不了那让人头皮发麻的笑声，我再次出声阻止。

而这次，李怡萱很配合地停了下来，只是像停摆的时钟待在原地不动。

"李怡萱，你怎么会在这里啊？你家不是往那边走吗？你一个人来的吗？你怎么会突然出现啊？我都没看见你是怎么跳出来的……"

不，或许不该说跳出来！

想起刚才诡异的风，我突然觉得李怡萱是被那阵风送来的！

而我也被脑子里的想法吓了一大跳，咽咽口水，在心里为自己默默打气。

白大怪都见过了，要是李怡萱真的是异类，我也没什么好怕的……呜呜呜，可是白大怪跟眼前的她比起来温柔多了，或者该说是那张脸美得让人不觉得害怕？

不管是哪种原因，总之在这种关键时刻，我竟然一脑子都是白泽！

有句话怎么说的，牡丹花下死，做鬼也风流。白大怪，我还是更愿意被你吃掉！

就在我胡思乱想的时候，李怡萱开始动作僵硬地向我走来，一抬手，一抬脚，都像是被人用丝线牵引着的木偶，甚至发出咔咔的声响，而我却在这个时候浑身乏力地跌坐在地。

惨了，惨了，为什么双腿偏偏在这个时候使不上力气呢！难道我只能这样坐以待毙吗？

"叽叽——叽叽——"

就在我闭上眼准备绝望地接受现实时，耳边突然响起一个熟悉的叫声。

"迷谷小妖！"睁开眼睛，看到已比原来长大不少、QQ糖般透明的小人，我惊喜地叫道。

对了，我差点忘了白泽能"看"到我！哈哈！有救啦！

不过现在连迷谷小妖也出来了，那是不是也坐实了李怡萱是异类的事！

常年隐身的迷谷小妖现身后，直接冲到李怡萱的脑袋边转个不停。而李怡萱也因此动作一滞，然后缩回手去驱赶扰人的迷谷小妖，把我丢在了一边。

对白泽到来的期盼使我重新燃烧起了一股希望的力量，发软的身体也渐渐有了力气。

"迷谷小妖加油！一会儿白大怪就来救我们了！"

"叽叽——叽叽——"

听了我的话，迷谷小妖也在百忙之中抽空回答我，只是……我完全听不懂啊……

"什么？你的意思是你会努力的，叫我不要担心？嗯，嗯，好的，我不会担心的，你快别说话了，专心点，小心别被她打到了。"

好吧，既然没人给我翻译，那我就自己翻译。

迷谷小妖虽小，动作倒是很灵活，我以为像李怡萱那提线木偶般的速度，是完全碰不到它的，而事情的发展，一开始也如我所料，只是到了后来，迷谷小妖的速度渐渐慢了下来。

"迷谷小妖，你怎么了？"

"叽……叽……叽叽……"这次迷谷小妖的回答没有了前几次的高亢，反而有些像气力不足。

嗯？气力不足？

哦，是的，李怡萱现在就是个提线木偶，被人操作，没有意识，也不会觉得累，但迷谷小妖就不一样了。

"住手！"眼见李怡萱就要抓住迷谷小妖，我大叫一声冲上前抓住她的手。

"李怡萱，你怎么了？你醒醒啊！"失去意识的李怡萱力气很大，我有些力不从心，只能改变策略，希望能唤醒她。

电视剧不都这么演吗？失去理智的人正大开杀戒，然后一般都是他最爱的人、亲人，或者朋友，奋不顾身地冲上去唤醒了他……可我又不是李怡萱什么人，今天在学校还起了争执呢……

果然，李怡萱并没有理我，而是放弃去抓迷谷小妖，直接抬手向我挥来。

我条件反射般地闭上双眼。

此刻我的大脑一片空白，也早把恐惧忘到脑后，原本打算睁开眼睛好好看看自己"遇难"的过程，然而我预想中的疼痛并没有到来，反而听到了……风声？

对，没错，是风声！

　　我猛地睁开眼睛，看见自己的身体正在空中缓慢滑行，然后又迅速往下掉落。从这种高度摔到地上，估计屁股都要开花了。

　　然而我现在却没有心情去注意这些，因为就在我被丢出去的那一刻，我看见迷谷小妖正奋力撞到李怡萱的手上。

　　"迷谷小妖！"落地的同时，我惊慌地大喊。

　　迷谷小妖打不过李怡萱，这是我一开始就看出来的，它现在这么做，我真的很担心。

　　它会不会死？如果它死了，那都是因为救我，就跟当年一样，为了救我……

　　银色的光芒在迷谷小妖撞上李怡萱那一瞬间充斥四周，亮得让人睁不开眼睛。但等到这道银光慢慢暗下来时，又变成了一种梦幻的柔美光芒，像是最美的梦，让人不愿醒来。在梦里，我看见了爸爸妈妈。

　　妈妈还是穿着那件碎花裙子，爸爸刚下班，领带还松松地系在脖子上，他们一起站在家门口向我招手，叫我赶紧进屋吃饭。

　　桌上摆着我最爱吃的鸡翅、红烧肉、黄瓜酿，还有金灿灿的蛋卷。

　　"你呀，吃这么多肉也不见长高，真不知道我辛辛苦苦做的这些东西是不是喂到流浪狗肚子里去了。"妈妈看着我，笑眯眯地说。

　　"不是流浪狗，是小花猫。看看我们家小语，明明是个女孩子，每次回家却都搞得满身是泥，哪有半点女孩子的样子，长大后一定没人要。"爸爸温柔地揽着妈妈的肩说道。

　　"妈妈……爸爸……"

　　多少年了，多少年我没见过妈妈的笑脸，没听到爸爸的唠叨。

　　看到父母的那刻，我内心所有的防备都卸了下来，眼泪像决堤的洪水，大颗大颗溢出眼眶。

还是那扇我熟悉的门，房子里面所有装饰都是妈妈亲手布置的。她说田园风格看起来很温暖，希望小语能在一个温暖的环境中长大，成为一个温暖的人。

米黄色的沙发、钩针编织的向日葵坐垫、喇叭花般的拉绳式台灯……在门口的位置，还有一个木质的衣帽架，每次爸爸下班后就会把外套挂在上面。

"爸爸！妈妈！我好想你们！"

我一边叫，一边向爸爸妈妈跑去。

可奇怪的是，无论我怎么跑，跑多快，跑多远，爸爸妈妈始终离我很远，我始终到不了家。

这是怎么回事？

就在我满心疑惑时，周围的场景突然一变，变成了我和爸爸妈妈坐在一辆越野车上，我还没从近距离跟父母相处的惊喜中回过神，一块巨石突然从侧面的山坡上滚下来。

"爸爸，小心！"看到巨石，我大叫道。

而坐在我身旁的妈妈则在第一时间抱住我，将我护在怀里。

轮胎与地面摩擦发出的声音格外刺耳。

在车身左右摆动时，我无意中从妈妈的手臂与身体间的缝隙，瞟到巨石滚落的山坡上有一个人影。那人穿着宽大的衣袍，跟古装剧里的服装很像，黑色的长发和白色的袍子在风里纠缠在一起。

"笨蛋。"

忽然，一个熟悉的声音在我耳旁响起，随后，周围的一切都不见了，只剩梦幻般的银色浓雾。

"谁？是谁？"

"唉！我真是欠你的。"熟悉的声音再次模模糊糊地传来。

"欠我的？你为什么欠我的？你到底是谁？"我胡乱挥舞着双手，试图驱散四周银色的浓雾，找到发出声音的人。

好熟悉……这个人到底是谁？是我认识的吗？如果是，那我们是什么时候认识的呢？为什么我记不起来了？

朦胧中，我脑海里似乎浮现出一家咖啡店的样子，但是来来往往的客人都长得十分奇怪，有浑身染成红色的大叔、长着猫耳的漂亮姐姐、背着翅膀的上班族，还有……还有……

啊！我想起来了！

"白大怪！"心里不止念过一遍的称呼脱口而出，"白大怪！快救我啊！我什么都看不见，这里到处是银色的雾！而且我刚才还看见去世的父母了……完了，完了，我是不是死了啊？是不是走到奈何桥边了？还是……还是我在异类的肚子里？"

意识终于恢复，我大叫着向白泽求救，然而他却再也没有回应我。

"白大怪？白大怪？你还在吗？你走了吗？你不救我了？"

没得到白泽的回应，我心底的恐惧汩汩冒出。

"你，你别走啊……哦！你是不是因为我叫你白大怪生气了？大不了我下次不叫了。而且白大怪是美称，我这是在夸奖你厉害呢！我绝对是你最忠实的头号粉丝！是你后援团的团长！我愿意为你做牛做马！你说一，我绝对不说二……"

既然白大怪来了，那十个李怡萱都不是他的对手。虽然我没见过他出手，但你想啊，能经营起一家异类咖啡店，并且每个客人都对他崇拜有加，现在想起毕方当初在他面前一副小羔羊的模样，我越加肯定那是因为他的实力！

听唐佳佳说，在异类的世界，实力就是一切。

"白大怪？白大侠？白老师？店长？"连续换了几个称呼，我还是没有听到白泽的回答。

不是吧，难道他真的不管我了？呜呜呜，别啊！我还是如花似玉的年纪，难道余生就要在这个鬼地方徘徊了吗？

心里再不甘，我也没办法解决当前的状况，背在身上的书包不知什么时候不见了，我的手机可在那里面呢。不知道时间，也没办法向外界求救，我真的很担心外婆见我还没回去会着急。

我盘腿坐在原地，正想着自己到底是死了还是没死，周围银色的雾气渐渐变薄，而我则有种快要梦醒的感觉。

梦醒？我刚才都是在做梦？哇！太好了！我没死！

感觉到灵魂回归肉体的真实感，我还没欢呼出声，就感觉到唇上有个热热的东西，还有点软软的，不过感觉很不错的样子，不知道吃起来是什么味道。

大概是由于太饿了，我竟然在还没睁开眼睛的情况下，就行动快过思维，伸出舌头去舔贴在我嘴巴上的东西。后来想想，要是什么奇怪的玩意，估计我又得重复"青龙兽血液"的经历。

就在我去舔那个感觉会很好吃的东西时，明显感觉到它愣了愣。

愣了愣？真是好笑，这个东西还有意识啊……

有意识！热热的！软软的！

不是吧？

上扬的桃花眼一片流光溢彩，异常动人——这双眼睛我是熟悉的，这个人的五官我也是熟悉的，只是现在我只能看到一双眼睛，因为眼睛的主人离我太近了，近得我只能看见他的眼睛！

啊！我要疯了！我真的要疯了！

"醒了？"我还陷在"我要疯了"的状态中，白泽已经直起上身，下身仍保持半跪的姿势，挑眉问道。

"嗯？嗯。"眨眨眼，满脑子都是糨糊的我下意识地说道。

"既然醒了就起来吧，别躺在地上。"白泽说完，率先站了起来，拍拍由于刚才跪在地上而沾上灰尘的裤子。

"好，好。"

"你不会是傻了吧？"

"啊，啊？"

"还会说其他词吗？"

"会，会。"

"算了，你还是先起来吧。"

相识以来，这是我第一次看见白泽露出无奈的表情，说完，他对我伸出手，想要把我拉起来。

天边的火烧云，是燎原的野火，席卷了大半个天空，一身浅灰色衣服的白泽，一手插在裤袋里，一手向我伸来，站在以火烧云为背景的画面中，像极了电影中的至尊宝，或者该说是孙悟空，看得我心跳加速，怎么也平复不下来。

此时此刻，我忽然惊觉，原来不管白泽是人还是妖，我对他的感觉一直没变。

是的，不管我自欺欺人多久，在我内心深处，还是一如既往地喜欢着他——白泽，不然我也不会完全不反感他亲了我的事实。

第六章
CHAPTER
/06

我永远都不会可怜你，因为我不喜欢你

　　白泽的唇角微微上翘，让我下意识地舔了舔自己的嘴巴，完全没考虑到现在做这个动作有多不合时宜。

　　"你这算是回味吗？"半眯着眼睛瞅了我一会儿，白泽说。

　　"嗯……嗯？回味？回味什么？"

　　"你要是意犹未尽的话，我不介意满足你小小的要求。"说话时，白泽弯了弯身子，没等我伸出手，直接把我从地上拉起来。

　　我觉得自己像是被白泽牵扯在手中的风筝，轻飘飘地悬浮在空中，感受着迎面扑来的风。白泽的胸口越来越近，我感觉耳朵快要被自己的心跳声震聋了，直到站稳后还不敢相信刚才听到的话。

　　满足我的要求？满足我什么要求？不会是再……再吻我一次吧！

　　白泽拉着我的手没放，弓起背，歪着脑袋凑近我。

　　这正好是漫画里接吻的画面，只不过周围没有漫天飞舞的樱花，换成了红艳艳的火烧云，却显得更加热烈。

　　一秒，两秒，三秒……

　　我不敢去看白泽的脸，也不知道该用什么表情去看，只是死死盯着天边的景色。我想这个画面，大概我一辈子都不会忘记。

　　"扑哧。"白泽在离我只有几厘米的距离时突然停下，闷笑出声，然后重新站直身子，伸手揉了揉我的头发。

　　"我刚才只是为了救你，你不用这么紧张。"

什么！紧张？我才没有紧张！

不过他说什么？为了救我？

"我刚才怎么了？"

问这话的时候，其实我心里已经有了一个答案，但是不知怎的，还是有些期待地问出口。

"你刚才陷入自己的回忆中，我又叫不醒你，所以只好给你喂了点东西。"

原来他真的只是为了救我，并不是我想的那样。

看到白泽上扬的嘴角，酸涩的情绪像泉水般冒出，让我十分难受。

我低着头没有再回答，眼角的余光扫到白泽仍然握着我的手，便轻轻动了动。

白泽会意地放开了我。

温暖的触感消失了，像太阳落下了山。

"谢谢。"

"嗯。"

比陌生人还简短的对话，终于给这个意外之吻画上句号，或许，这根本不算一个吻。

我低着头，久久没有抬起来，视线却渐渐模糊。

我不懂自己为什么这么难受，也不想去懂，因为我知道我和白泽生活在不同世界，尤其是发生了今天这样的事，更加让我认识到了我们之间的差距。

"对了，迷谷没事吧？"想起昏迷前所看到的画面，我努力忍住心里的难受，四处寻找迷谷的身影。

关于白泽，我大概是没能力去解答了，他就像一个要花很多时间也许

都无法解答的未知题，而我眼前有更重要的事。

"迷谷？你叫得还挺亲热的。"

"嗯，虽然我一直不怎么喜欢它，因为它对我来说就像一个移动的监视器，监视着我的一举一动，还能录音。不过今天它却不顾一切救下了我这个讨厌它的人，我……它，它是不是死了？"没有心情再和白泽拌嘴，我话刚说完，眼泪就哗哗地往下流，心里除了对迷谷的担心和愧疚，之前的难受也总算找到了一个出口。

"你别哭了，它还没死。"看到我哭得上气不接下气，白泽的眼神有些闪躲，声音也从未有过的温柔。

"你跟我讲话别这么温柔好不好，好不习惯啊……"

"你……"

只是一个"你"字，在白泽说出口时，我竟然能看到他额头突起的青筋，要不是我还在伤心地流泪，估计他会直接把我吊起来打吧。不过我这么说不是为了搞笑，而是更快地调整自己的心情。

白泽只是我的老师，或者说债主，等我还完债，我们就再也没有半点关系了，所以……所以不要对我这么温柔，也不要给我幻想。

"那它在哪里，我想看看它，跟它说声谢谢。"

"看是可以看，不过谢谢的话，它就听不到了。"

"为什么听不到？你不是说它没死吗？"

"是没死，因为对异类来说，这不算死，用通俗点的话来讲，这叫'打回原形'。"

"打回原形？像《西游记》里面一样吗？"

白泽点点头，伸手从衣服口袋里拿出一截闪着亮光的树枝。

"这，这就是迷谷的……的原形？"

"没错，你所见到的迷谷就是这么小小一截树枝变的。本来它在救下你之后还可以逃掉的，但是它担心你陷入回忆而迷失了自己，分出了一部分力量保护了你。"

"保护了我？那我当时无论怎么跑都像是在原地踏步，是因为迷谷的帮助吗？"

"嗯，多亏了它，你才不至于迷路，所以《山海经》曰：佩之不迷。"

婴儿长大成人，是一个漫长的过程，迷谷小妖从一截不能自由行动的树枝修炼到有了可以四处游玩的能力，更加是一个磨人的经历吧，它所付出的努力是我们无法想象的。

"都是我不好，都是我不好，要是我没有那么弱，迷谷就不会，哇——"这次我不再是小声地抽噎，而是号啕大哭。

"你别哭了，因为就算你是武林高手也没用，附在李怡萱身上的是人心所产生的妖魔，也就是心魔。嫉妒、懦弱、仇恨，都能被它控制，一旦沉溺于这些情绪，就会像李怡萱那样。"

什么！心魔！早知道李怡萱内心这么"脆弱"，我之前就不刺激她了！

"你既然知道为什么不早点来？你不是一直监视着我吗？难道你不知道我有危险吗？亏我还一直以为你会来救我！你是不是故意让我吃苦头的！"

"好了，好了，你别哭了，你不会真以为我一直监视着你吧？"

"难道不是吗？"

"当然不是。而且后来心魔隔绝了迷谷跟我的联系，它不是还提醒你了吗？"

"它每句话都是'叽叽叽叽',我怎么知道它说了什么啊!"

哦!原来迷谷跟李怡萱,不对,是心魔纠缠时说的话,是告诉我这件事啊!我还以为它跟我说它会努力呢!

"那,那你后来是怎么知道的?"我的哭声总算逐渐停下。

"迷谷身上有我注入进去的力量,也就是那些银色的雾气。它们就像一根根传输线,好让我通过迷谷的眼睛、耳朵,感受它所能感知的一切事物。它受伤后,这根线快断了,所以我才急忙赶来。"

"你的意思是,每次监视我的其实是你,而不是迷谷?"

"可以这么说。"

这下好了,眼泪是止住了,白泽却又给我丢来一枚炸弹。

"实话告诉我,你还有什么事没告诉我,或者说是骗我,那个'青龙兽血液'是不是也是假的?"

"假的?"白泽把迷谷重新放进口袋,挑了挑眉,"那小小一杯就可以让迷谷变回去,而且力量更强,我原本是打算自己喝的。倒是你,不仅自作主张地喝了它,债还没还,我就帮了你好多次,这笔账怎么算?"

什么叫帮了我好多次?也就这一次。仙人球事件那次……呃……不过仔细算来,白泽确实帮了我很多。

"嘿嘿,我也就随口说说而已,至于债的问题,我不是没有能帮得上你的地方嘛。"

"是吗?你之前说愿意为我做牛做马,我说一,你绝不说二的话,是不是也是随口说说的?"

那些话他都听见了?

"不是,不是,当然不是。"我哈着腰,想起唐佳佳说我是奴隶命的话,泪流满面。

"正好，我有些饿了。"

"前面就有个便利店，我去给你买泡面？"

"泡面对身体不好。"

"面包？"

"我想吃家常饭菜。"

"家常饭菜？可是这附近没有……要不去我家？"

"嗯。"

呃……

回答得这么干脆，看来你早就计划好了啊！那还装模作样地问那么多干吗？

跟在白泽屁股后面往他拉风的跑车走去时，我在心底盘算半晌，总算开口了。

"白老师，虽然我知道这顿饭抵不了那杯珍贵无比的……东西，不过也还是可以抵消一小部分的吧！""青龙兽血液"这几个字我还是说不出口。

我正一路小跑着追赶白泽轻松的步伐，他却脚步一顿，没反应过来的我直接撞上他墙壁一般坚硬的背。

我揉着鼻梁，差点破口大骂，白泽却适时扭过头。已经到了嘴边的话又被我生生咽了下去，立马堆上一脸讨好的笑容。

"不是你请我去吃的吗？"白泽挑挑眉慢悠悠地说完，便打开车门坐了上去，留下我在原地发愣。

这也能理所当然地说出口啊！你绕了那么一大圈，终于达到我亲自邀请你去我家吃饭的目的，原来就是为了现在这句话啊！

腹黑，腹黑，这家伙真是太腹黑了！原来他一早就算计好了！

"上车。"见我还没上车，白泽放下车窗，向我叫道。

我跺跺脚，就当地面是白泽的脸，使劲踩了踩，然后才迈开脚步。

在我走近车子时，白泽还很有绅士风度地从车内打开了副驾驶座的车门，让我直接上去。

"不用了，我坐后面就好。"看到车门打开，我礼貌地拒绝。

哼！就算被算计了，我也要保留最后一丝自尊！谁要你开车门啊！

听到我拒绝的话，白泽笑了笑，没有关上门，也没有回答我。

啧啧，摆什么高深莫测的样子，不会是被人拒绝了之后怕过于难堪，所以故意这样做的吧！不过我就是要让你难堪！

我一边在心里猜测白泽的反应，一边昂着头打开后座的门，短短几步距离，走得跟视察的领导一样有范儿。

"啊——"

打开门后，我发出了一声足以震飞枝头上鸟儿的叫声。

"她，她怎么会在这里？"

"怎么说她也是我学生，难道丢在公交车站吗？"

"可是，可是……"

"心魔已经被我驱走了，不用担心，等吃完饭我会送她回家。现在你还要坐在后面吗？"

没错，躺在车子后座上的不是别人，正是之前被心魔控制住的李怡萱。我说怎么之前没见到她，我还以为白泽已经把她送走了，没想到竟然在车子上！

"咕噜"，我咽下一大口口水，怯怯地摇摇头，关上后座的门，闪身坐到副驾驶座上，关好门，系上安全带，动作连贯得让我自己都吃惊。

可恶，白泽明明知道李怡萱在车子后座上，刚才我说要坐后面时，他竟然不提前告诉我！

在半边通红的天空下，车子稳稳地朝我家驶去。

"哦，对了，你是怎么消灭心魔的啊？"车上的气氛太过沉默，我忍不住出声。

"没有消灭，只是驱赶。这东西不像迷谷是从实体演化而来，它甚至算不上'妖'，所以称为'魔'，当恐怖的执念生出时，它还会出现。"顿了顿，白泽接着说道，"不过我倒是想把它彻底消灭掉，那个低等的家伙竟然说你抢别人的男朋友。"

听到白泽的回答，我心中窃喜，忍不住猜想他是不是也有一点点喜欢我？

"那魔和妖两者有什么不同呢？"压下心里的真实情绪，我尽量表现得镇定。在没有十足的把握前，我还是先克制一下吧。

"世人用很多词来形容异世界的生物，像鬼、怪、神、魔，还有妖等，但其实怪和妖是同一种……"

"鬼和魔是不是也是同一种？"

"嗯，鬼和魔都是从内心幻化出来的，每个人所惧怕的事物不一样，看到的也不一样。在很久以前，人和妖是处在同一个世界的，例如很有名的日本平安时代。"

"那在中国古代有这样的时代吗？"

"中国古代也有，比如战国时期。"

"后来呢？后来为什么人类和异类分成了两个世界呢？"

"因为帝王。作为帝王，他们需要百姓的拥护，但是妖神的力量太过强大，当人们都去信奉妖神时，帝王的存在便形同虚设，所以他们开始大

肆屠杀……"

说到这里时，白泽停了停，语气中不自觉带上怒气，连握着方向盘的手也紧了紧，半晌才接下去。

"在妖的世界里，实力就是一切，或许残酷，却没有诡诈的心思。但人类不一样，他们更聪明，更会揣测别人的心思，假装臣服，然后在别人放松警惕时，再亮出獠牙……所以渐渐地，异类们远离了人类。"

白泽讲完后，我怔怔地望着他完美的侧脸，心里说不出的难受，半晌才开口："你一定很讨厌人类，要是我，我也会很讨厌人类。"

"是，我是很讨厌人类，憎恶他们的自私、残忍。"

白泽的回答在我意料之中，但是听到他亲口承认，我却有些失落，因为——我也是人类。

"不过，这个世界上还是有很多善良的人。"白泽说完，深深地看了我一眼，眼里的情绪让我猜不透。我刚想问下去，他立马语气一转，轻快地接道："就拿你来说吧，要是你内心充满黑暗，就算喝十杯'青龙兽血液'，也是看不见异类的。"

听到这话，我刚刚扬起的笑容一滞，僵硬地说道："是吗？那我宁愿坏一点。"

说完，我头一扭，用后脑勺对着白泽，身后却传来他低沉的笑声，回荡在整个车厢里。

路边的景色不断向后退去，到了家门口，车子刚停下，我就拉开车门下车，一边往屋里跑，一边大叫："外婆，我回来了。"

"等等。"我没跑几步，白泽也下了车，一手拎住了我的衣服后领，将我转了个身面对他。

"怎么了？"

"把这个背上。"白泽一边说，一边往我身上套着什么东西，等他放手后我才看清是我的书包。

"我的书包！我差点忘记了！"

"笨蛋。"他揉揉我的头发，嘴角微微上扬。

"哎呀，你怎么老是揉我的头发，这样会长不高的。"

不知道是不是白泽的笑容太过温柔，我有些不自在地偏了偏脑袋，试图躲开他的手。

"没办法啊，因为不好的事物碰得太多了……"白泽梦呓般开口，我闪躲的动作也一僵。

七点多，天空火焰般的颜色已渐渐褪去。

白泽双手放回裤袋里，笔直的身躯像是一座雕塑，表情温柔，似乎隐隐带着悲伤。

我想问他为什么这么说，却怕听到会引发他伤心事的答案。

"白……"我突然有些不想叫他老师，眼睛一闭，说道，"揉吧，揉吧，反正我是个女孩子，长不高也无所谓！"

看到我的动作，白泽先是一愣，然后轻笑出声。比起他以往的浅笑，像现在这样比天边的火烧云还璀璨的笑容让我完全呆住了。

四目相接，我想起那个不算吻的吻，只觉得唇上不断传来酥麻的感觉，就跟当时一样，像是一阵电流流过。

"小语，你回来啦。"突然，外婆的声音在我身后响起。

她这一声亲切的呼唤让我倒吸一口凉气。

"呃……外婆。"我回望了外婆一眼，讪笑道。

惨了！我现在不仅晚归，还跟一个男人在家门外拉拉扯扯，外婆一定会……

"咦？这位小帅哥是谁啊？是你男朋友吗？"

"外婆好，我叫白泽，泽，是福泽的泽，今天带小语逛街逛得晚了些，现在才送她回来，让您担心了。"

白泽一席话，可谓是又好听又有礼貌，还特意用了"福泽"这么吉利的词来形容自己的名字，连我晚归的理由都找好了，我只能说"高，实在是高"。

"没关系，没关系，我总劝小语要多出去玩玩儿，像她这么大的女孩子，哪个不结伴去逛逛街的。而且她总是这么邋里邋遢，我就怕连个喜欢她的男孩子都没有。"外婆一点儿也不客气，当着初次相见的白泽的面笑着说道。

"外婆……"我有些埋怨地打断外婆的话，脸颊一热。

怎么说我也是个女生，能不这么"黑"自家人吗？而且这情形，怎么都有种"促销相亲"的感觉。

外婆，您老实告诉我，您是不是从二次元空间穿越来的？

"外婆，菜都做好了吗？要不要我帮忙？"我打断外婆和白泽的交流，挽着外婆的手往屋里走去，把白泽挤到一边。

"早就做好了，只不过现在可能凉了，我再去热一热。"

"我去热就好，您坐着。"走到屋里后，我扶着外婆在沙发上坐下，取下书包，就往厨房走去。

"外婆，您坐着吧，小语说要请我吃饭，既然您都做好了，那我就勉强接受她加热的这份心意吧。"在我起身离开后，白泽不仅自来熟地一口一个外婆，还篡改事实，说是我要请他吃饭。

对，我是说过要请他，不过是方便面，也答应过他来我家吃饭，但中间省略这么多情节总是不太好吧！

"我们家小语太争强好胜了，尤其是在她父母去世后，别人笑她是孤儿，她就冲上去跟几个男孩子打架，当时可吓死我了。后来被人说成绩差，她就每天复习到半夜考了全班第一。除了佳佳，我就没见她带过朋友来家里，我还在想，要是我走了，她一个人怎么办……"

我伸长耳朵，本来是想听听白泽还会说什么，却没想到听到外婆对我的担心。虽然我很想知道白泽会怎么回答，但又怕他说"只是小语的班主任"这种话，所以便加快脚步往厨房走去。

抽油烟机的"嗡嗡"声盖过客厅的谈话声，我心里像是有无数小蚂蚁在爬，这种想知道又不敢知道的心情，实在是太煎熬人了。

"在想什么呢，菜都要糊了。"耳边突然传来白泽的声音，吓得我握着锅铲的手一抖。

"你，你怎么进来了？"稳定好情绪，我一边把热好的菜装进盘子里，一边强装镇定地问。

"外婆叫我来看看你。"

是吗，是因为外婆叫你来，所以你才来的吗？

"我很好，不用你看，再说了，那是我外婆，不是你外婆，别叫得这么亲热。"

"你不会是在吃醋，觉得我抢走你外婆吧？"

"怎么可能。"

"原来小语还是个长不大的孩子啊，担心别人跟她抢外婆。"

"我真的不是那个意思……"

"小孩子嘛，难免有这种情绪，没关系的。"

"都说不是了……"

"我懂，我懂，是刚才吓坏了，所以看见亲人才格外安心……"

"你很烦啊！都说不是的了！你别站在我旁边好不好！我不需要你假惺惺的关心和安慰！"面对白泽调笑的语气，我突然大吼道。

白泽因此愣了愣。

热菜的时候，我脑子里一直想着外婆跟白泽说过的话，很怕白泽因为我的身世而对我特别"关照"，就连他所说的话，也因内心的担忧变成了"怜悯"。

"对不起，我不是故意的。"回过神，我慌忙低头道歉。

"没关系，我先出去好了，等你需要帮忙的时候再叫我。"白泽的表情没有尴尬，脸上的笑意不变，说完便转身走出了厨房。

看着白泽的背影，我张了张嘴，但还是没有叫住他。就像外婆说的，我好胜心很强，也许我曾没皮没脸地奉承白泽，但并不是发自内心。

我怕，我是真的怕，怕他因为同情才待在我身边，我宁愿他是我的债主。

这顿晚饭外婆做得很丰盛，但也是我吃过最食不知味的一餐，我只是机械般地重复咀嚼的动作，也没跟白泽说上一两句话。倒是外婆一个劲儿叫我给白泽夹菜，虽然我嘴上说着"麻烦"，心里却很高兴。

"谢谢款待，天色不早了，我该回去了。"用完餐，白泽起身对着外婆欠了欠身子道。

外婆闻言先是看了一眼屋外，然后才说："是挺晚了，附近岔路多，还是让小语送你到石桥边吧！"

什么？送他到石桥？石桥有小河妖啊！外婆，我不要去！

我还没来得及表达我的想法，外婆便抢过我正在收拾的碗筷放到桌上，然后把我推到白泽身边。

而白泽也没说拒绝或者同意的话，只是笑眯眯地望着外婆。

我永远都不会可怜你，因为我不喜欢你

"这一带的路她可熟悉了，放假没事时还老往后山上跑，在女孩子里，我们家小语胆子可算大的。"

"确实，她胆子确实挺大的。"白泽点点头附和道。

我知道我胆子不小，外婆说的话也确实是那么个意思，可白泽的话，我总觉得听起来带着"威胁"的意味，难道是我先前在厨房对他吼，他想报仇？

"轰轰——"

银色的跑车在夜色中轰轰作响。

外婆站在车外一脸慈祥地叫我务必带好路，还说我今天答应请别人吃饭，结果没吃好，叫白泽下次再来。

我坐在副驾驶座上，看着白泽和外婆的互动，突然觉得我才是那个外人。

车子启动后，只剩下我跟白泽两人，这时我才觉得有些紧张，双手紧紧握着安全带，盯着前方的路，说出的话也只有"左拐""右拐""直走""快到了"。

"如果你是要当GPS，那么我车上有，你现在下车回去就行了。"行驶到一半，白泽冷冷地开口，语气听起来有些不快。

他不会真的生气了吧？是因为厨房的事？

"GPS应该不会显示这边的路况吧。"我僵硬地笑了笑，没有问为什么，没有道歉，竟然说了这么一句！

天啊，蹦出个异类把我吓晕吧……不对，有我旁边这位，谁还敢来啊！

"你这是在搞笑吗？"

"当，当然不是……"我缩缩脖子，等着白泽问我之前在厨房对他吼

的原因，没想到他又闭上了嘴，开始玩沉默。

　　车里的气氛比起之前更加诡异，如果要比定力，我不得不承认白泽比我高明，特别是他还阴险地先主动开口说了几句，然后才接着玩深沉。

　　"我之前喜欢过一个男孩子……"在心底给自己加油打气半天，我主动开口，"我曾经跟他表白过，只不过当时就被他拒绝了，说我不是他喜欢的那种类型的女生。谁知道后来突然有一天他主动跑来找我，希望我跟他交往。我当时很开心，一口就答应了，也没有问他为什么。直到后来唐佳佳无意间听到那个男生说的话，我才知道……那个男生只是可怜我，可怜我父母早早去世了，可怜我现在跟外婆生活在一起，就外婆一位亲人……但是，但是我并不需要感情上的怜悯。"

　　同情换来的喜欢，是最廉价的喜欢。

　　话刚说完，泪水就开始在眼眶里打转，为了不让白泽看见我狼狈的样子，我扭头望向窗外，努力瞪大双眼，不让眼泪掉下来。

　　也许我在白泽面前哭过不止一次，但是没有一次像今天这样害怕他的安慰。

　　车子还在稳稳地开着，隐藏在黑暗中的植物时不时出现在被车灯照亮的视野里，就像我会时不时想起那个我曾经喜欢过的男孩。

　　我还记得那是二月的某一天，穿着整整齐齐校服的男生站在我面前，红着脸对我说"我喜欢你，我们交往吧"，而我也欣喜若狂地答应了。可是谁曾想到我误以为的"害羞"并不是"害羞"，而是"不好意思"——对于拒绝了我这么一个可怜的人来说，他感到过意不去。

　　"所以，你以为我听了外婆的话，也会可怜你，是吗？"半晌，白泽有些恼怒地开口。

　　"难道不会吗？"听到白泽语气中的怒气，我有些惊讶。

"不会，一点也不会，所以你放心好了。"

"我怎么知道你说的是真的还是假的，反正我又看不出来。"

是啊，就算他是骗我的，说不定我还是会傻乎乎地上当呢。

"吱——"

一个急刹车，白泽突然停下车子："我告诉你，就算全世界的人都可怜你、同情你，我也不会，因为——"

四周一片黑暗，只剩车灯照亮的一小片光明晕染到车内，白泽漂亮的五官在黄色的灯光中显得晦暗不明，眼里也是我看不懂的情绪，我唯一能感受到的，就是当初他被仙人球扎到后说"或许这是我欠你的"这句话时一样的情绪，复杂而浓重，包含了太多太多意义，多到我无法理解。

"因为什么？"白泽久久没有说下去，我忍不住问道。

"因为……"

"砰——砰——"

我记得唐佳佳跟我说过，喜欢一个人的心情就像放烟花，它会震得你心跳加速，绽放后的色彩也会让你惊叹不已，就算最后放完了，也还是会忍不住回味。同样的，这也是接吻的感觉。

我瞪大眼睛看着紧贴着我的长睫毛，此时，它们在我眼中都变成了带着流光的烟火，绚烂地在天空盛开，垂在灰色西装上的墨色长发，也衬得眼前的人肤色更加白净。慢慢地，我似乎在那双桃花眼里看见了一片繁花似锦的世界，里面的柔情就快要让我不能呼吸。

"你，你做了什么……"看着眼前近得呼吸都喷在我脸上的面孔，我呆呆地问道。

"你今天下午的时候不是要我再示范一遍吗？"薄唇缓缓扬起，白泽的声音很低沉，像是在压抑着什么。

"所以，所以，你，你刚才是，是吻，吻……"

"是，我是吻了你。"

白泽的吻实在是来得太突然，我原以为他在生我的气，后来我主动解释了，可是他还没回答为什么不会可怜我，又转头……转头吻了下来，这太让我觉得不可思议了。

"这次不是你在救我吗？"

"当然不是。"似乎我的问题是什么很好笑的笑话，白泽脸上的笑容晃得我眼花。

"那你能告诉我你之前救我，为什么要，要那样做吗？"

不对，不对！我是想问你为什么要亲我，怎么话到嘴边就说不出口了呢？

"给你喂东西。"

"喂，喂的是什么？"

看了一眼小心翼翼的我，白泽重新发动车子，笑着回答："我的血。"

呜呜呜，我就知道不是什么正常的东西！我能指望异类给我去药店买瓶清凉油搽搽吗？

车子重新发动后，我嘴上似乎还残留着电流滑过或者说烟花绽放后的感觉，那一瞬间，脑子里"砰砰"地出现一朵朵烟花，正如唐佳佳所说的，现在还回味无穷。

"对了，你之前的话还没说完呢。"

"嗯？说什么？"

说什么？你还问我说什么！不是你自己说你不会同情我，不会怜悯我，我怎么知道你要说什么啊！

"你不是说你不会因为我的身世而怜悯我吗？"

"嗯，然后呢？"

"你……你……我怎么知道你然后要说什么啊！"

"就算是跟接过吻的人说话，还是这么不客气啊。"

白泽的话让我的脸一下子红到了脖根儿，我也第一时间把头转向窗外，故意大声回答，掩盖内心的慌乱："你，你还不是一样！"

这种时候还逗弄我！太讨厌了……

"那是因为我不喜欢你。"

什么？我没听错吧？

听到白泽的回答，我原本通红的脸立即变得煞白，难以置信地盯着他："你说什么？你不喜欢我？"

"是，我不喜欢你，所以你不用担心我会可怜你，会同情你，就算全世界的人都会，我也不会。"

白泽说话时眼睛直直看着车子的前方，只给了我一个冰冷的侧脸。我很想叫他看着我的眼睛再说一遍，但最终还是没有那个勇气，也不敢问他为什么要吻我。

就算是不喜欢，直接告诉我不就好了吗？为什么……为什么要做这么伤人的举动？更可恶的是，我竟然……竟然还是没有办法彻底讨厌他！

沉默中，银色的跑车慢慢向石桥驶去。直到过了石桥，我才勉强开口。

"现在你的GPS能用了，也就不需要我这个人工GPS了。"

给白泽指明了路线，我迅速打开车门跳下车，生怕再听到他说一句话，转身往回跑去。

漆黑的夜将我隐藏在黑暗里，站在石桥上，我远远地望着白泽久久没

有发动的车。

这样他就看不见我了，这样就算我流泪他也不会知道，这样他还是我的债主，等到我还完债，他就会离开我的生活，我也会好好重新生活。

"有什么好难过的，不就是亲一下，又不会少一块肉。再说了，被白泽那种美男亲，我可是赚了呢！对了对了！还可以用这个抵债！"我安慰着自己，扭过身子不再去看白泽的方向，抬头望向天空。

夜晚的天空布满了闪耀的星星，像是深蓝色天鹅绒布上点缀着钻石，美得让人舍不得眨眼。

我呆呆地望着闪烁的繁星，等到身后传来车子启动的声音才缓缓低下头，眼泪立即像断了线的珠子般落下，再也回不到眼眶里。

"我已经决定离你远远的了，可是你为什么要来打扰我，等到搅得我心神不宁时，又潇洒离开。白泽，你太狡猾了……"

星星为我照亮回家的路，失魂落魄的我完全忘了小河妖。

等我回到家后，外婆已经睡下了，客厅的灯像往常一样亮着，一切都没变，只有我，变得像个傻瓜一样……

第七章
CHAPTER
/07

假装对方听得见，一个人对台词是会被惩罚的

　　翌日，金色的太阳从地平线升起，阳光慢慢地爬上窗台，漫过窗台上的害羞草，等到穿过窗帘映到我熟睡的脸上时，已经快十点了。而一觉睡到自然醒的我，比起昨天，心情也已经好了很多。

　　"外婆，您要出门吗？"等我洗漱完走到客厅时，正碰上站在门口换鞋的外婆。

　　"嗯，今天星期六，跟人约好了。"

　　夹杂着银灰色发丝的头发被外婆一丝不苟地盘在脑后，长袖圆领打底衫套上碎花棉质长裙，披上镂空的钩针花纹披肩，脚上是一双棕色软皮皮鞋，外婆的打扮完全没有因为年龄而改变。很多时候看到这样的外婆，我甚至觉得她比我更像个学生。

　　"外婆啊，您每天打扮得这么漂亮，我是要被打击多少回啊！"我边往餐桌走去，边假装哀怨地说道。

　　"怎么会受打击呢，我们家小语可是外婆的宝贝孙女，昨天不是还有位小帅哥送你回家吗？"

　　提到白泽，我迫不及待想解释，结果却被咽下的白米粥呛到了，憋得我满脸通红。

　　"外婆也就说说，你干吗激动成这样呢，这毛毛躁躁的性格也不知道像谁。"

　　"外婆，您误会了。"好不容易顺过气，我艰难地说道。

"行了，我知道你不好意思。就这样，我先出门了，不过我可能要下午四点多才回来，午饭你就自己解决吧。"

挥挥手，外婆完全没有给我解释的机会，带着"根深蒂固"的误会离开了。

外婆！您的宝贝孙女昨天被那个异类欺负了啊！

一手拿着馒头，一手端着盛有白米粥的碗，我长叹一口气后迅速解决掉手中的食物，打算待会儿去后山走走。

白泽，白泽，这家伙折磨得我凌晨三点才睡，梦里也不放过我。幸亏今天放假，不然再看见他的脸，我可还怎么活！

"万幸我这两天不会见到他，不然这里——"我的手覆在左胸口，想起昨天那张曾与我有过零距离接触的脸，低声道，"不知道会怎么难受呢。"

收起胡思乱想，我换上一身休闲的衣服，拿好要复习的课本便往后山走去。

翠绿茂密的山林中蝉声长鸣。穿梭在巨大的树木中，我特意走远了一些才坐下休息。我背靠着巨大的树干，感受从山林中吹来的风，拿着课本摇头晃脑地读了起来。

"簌簌——簌簌——"

突然，树林的深处传来一阵阵树叶摩擦声，不似被风吹动的声音，更像是有什么东西在其中穿梭。

"谁？小晨，是你吗？还是胖胖？"邻居家的孩子经常跑来后山玩耍，我试探性地叫道。

"簌簌——簌簌——"

然而回答我的只有树叶摩擦的声音，并且越来越大，直到我用肉眼都

能看见灌木丛由远至近抖动起来，像是有什么东西在逐渐逼近。

白泽！救命！这是我的第一个反应，不过我很快想起迷谷的伤势，意识到白泽不会知道我现在所遭遇的情况。

唉！这世上大概有种定律，就是"危险往往不会在你有准备的时候到来"。

我屏住呼吸，看着因为有不明物体不断前进而抖动的灌木丛，深吸一口气准备逃跑。

"刺啦——"

就在我转身之际，一个响声制止了我的脚步，这一刻，整个世界都清静了。

灌木丛抖动的声音停了，枝头上的蝉鸣声停了，林中吹来的风声也停了，就连我的心跳都差点停了。

"啊——"等反应过来后，我首先发出了一声尖叫，接着双手捂在胸前，一个回旋踢朝身后踢去。

我不管你是人是妖，撕坏少女的衣服就是不可原谅！

呜呜，我怎么这么倒霉，待会儿我要怎么回家啊，这都成露背装了吧！

对！没错！就在我转身之际，那个不明物体一把抓住我的衣服，然后也不知他怎么弄的，竟然让我瞬间觉得背后一阵凉爽。莫不是这家伙有尖锐的爪子？

"嗯？我，我没眼花吧？"

我的回旋踢竟然正中某物，等我回头去看时，却看到一张让我大吃一惊的脸。

"苏麒？是，是你吗？"

我蹲下身，用手指戳着那张并不陌生的脸，大脑一片混乱。

趴在地上看似昏迷的少年露出的皮肤白得不像话，毫无血色的嘴唇像平常一样紧闭着。

"苏麒！你怎么了？快醒醒啊！喂！快醒醒啊！"我叫了几遍，甚至伸手晃了晃苏麒，他却仍然没有反应。

苏麒到底怎么了？他为什么会出现在这里？刚才我听到利爪抓破我衣服的声音又是怎么回事？他为什么会昏迷？

种种问题困扰着我，可苏麒就是不醒。

突然，我脑海中闪过一个不可思议的答案——难道是我刚才一脚把他踢晕了！我潜意识爆发的力量这么恐怖？苏麒可是异类啊！

"水……水……"就在我胡思乱想时，苏麒梦呓般开口。

"什么？你说什么？"

"水……"苏麒再次虚弱地开口。

"哦，你说你要喝水啊？"终于听清苏麒说什么，我慢慢扶着他靠着一棵树，然后从随身带的小包里拿出自带的水壶。

每次上山我都会带上水壶和一些干粮，以防万一，没想到还有救急的时候。

"你能自己喝吗？"我拧开壶盖，把水壶递到苏麒面前，轻声问道。

苏麒没有回答我，他的手无力地垂在地上。

好吧，是我多想了，可我还没给谁喂过水呢，除了小时候在河里洗澡，给别人"喂"过河水。

我把水壶放到苏麒嘴边，慢慢倾斜瓶身，把水送到他嘴里。

虽然我曾因为苏麒欺骗我的事有那么一点不爽，但看到他现在这副半死不活的样子，我心里的疙瘩早就没了。所以说"美人"和"将死之人"

最容易被原谅了，就目前来看，这两点苏麒全占了！

苏麒嘴唇一碰到水，精神立马就好了许多，虽然还是一副昏迷时梦游的模样，但随着我水壶中的水慢慢见底，苏麒的肤色也渐渐……哎呀！他的肤色在以肉眼可见的速度变得红润起来，而且头顶还冒出了两个角……

"哐！"滴水不剩的水壶落到地上，发出声响。

我惊恐地往后移了移身子，震惊得几乎忘了呼吸。

虽然我早就知道这个残酷的事实，但亲眼看见苏麒的变化，两片嘴唇还是忍不住哆嗦得像秋天簌簌的叶子。

"还……还有水吗……"

意识稍稍恢复后，苏麒对我说的第一句话还是关于"水"。对此我特别想狂吼：你用了我的水壶，害得我要重新再买一个，吓到我又没道歉，还好意思问我要水！

然而现实的状况却是……

"没，没了。"我咽了咽口水，小心翼翼地回答。

"小语，不好意思，我突然出现可能吓到你了，不过我还需要更多的水。"他虚弱地笑了笑，充满歉意的语气和真挚的道歉让我心里稍稍好受了些。

"那个，你的伤……"

"放心，跟你没关系。"

嗯……原来他知道我踢了他一脚，不过既然他受伤跟我没关系，我还好心地"贡献"了一壶水，接下来的麻烦我还是不要管了吧。

"苏麒……在石桥那边，或许有人能帮你。"

"小河妖帮不了我，再说了，我只需要水。如果你不方便，带我去河边也行。"

小河妖！果然又是一只异类啊！我当初怎么会以为他们是兄弟呢！不过，苏麒竟然叫我带他去河边，那还不如去我家更近些呢……不对！不对！我明明就是打算远离这个麻烦的！

"哗啦——哗啦——"

清澈的水流像蓝色的宝石般，带着氤氲的热气从水管中流到白瓷浴缸里。坐在浴缸边缘的我衡量着浴缸里的水差不多可以泡下整个身子，才伸手关掉水龙头。

你问我为什么会坐在这里？那当然是因为苏麒的需要啦！什么？你说我之前不还是一副不情愿的样子？那是因为……异类还是太可怕了。

"水放好了，不过我外婆下午会回来，在这之前……"我走出浴室，看着虚弱地靠在沙发上的苏麒说道。

"我明白，时间足够了，谢谢。"他单手撑着沙发站起来，对我颔首表示感谢。

"感谢倒是不用了……不过看你行走很困难的样子，需要我扶你进去吗？"

"不用了，你还是去换件衣服吧，之前的事不好意思，我以后会赔你一件的。"

对哦！我一回来就去给苏麒放水泡澡，都忘了自己的衣服破了。唉，真不知道怎么跟外婆交代，还是找个机会丢掉吧。

"没关系啦，你还是先进去吧。"我摆摆手，示意苏麒先去浴室。

听到我的回答，苏麒感动地看了我一眼，再看一眼，然后才重新垂下头红着脸一步步往浴室挪去。

他不会以为我这么说是因为关心他吧？天地可鉴啊，我只是希望他早

点离开!

回到房间,我一边换衣服,一边想着刚才发生的事情。

本来一脸苍白的苏麒在喝了水之后,面色渐渐红润了起来,难道他是跟水有关的异类?就像《诸神之战》第二部里面演的那样,因为男主角是海神波塞冬的儿子,所以他受伤后,只要触碰到水,身上的伤口就可以自动愈合?

哇!这么一想还真是刺激!不知道我可不可以拜托他带我去海边,然后让我像电影里演的那样踩在海浪上冲浪……等等!我好像之前还很讨厌他……

"小语,你这么早就回来了啊!"

我脑海中正上演着"卫不语海上历险记",突然,房间外一个熟悉的声音打断了我的思绪,也吓得我出了一身冷汗。

糟了!外婆怎么现在就回来了?不是说下午四点多才回吗?现在才十二点左右啊!

"外,外婆,您怎么回来了?"我立马出了房间,往门口冲去。

"我刚才翻手提袋时发现怀表不见了,所以回来找找。"

外婆所说的"怀表",是去世的外公送给她的,不管是在家里还是出门,外婆都会带在身边。外婆常说"不管我去哪里,只要看到怀表上外公的照片,就会觉得他一直陪在我身边"。

分心感叹外婆和外公动人的爱情故事后,我回过神来,见外婆正准备打开鞋柜。

哎呀!这可不行!苏麒的鞋子还在里面呢!

"别开!"眼见外婆的手要握住鞋柜把手,我大叫一声。这一叫吓得外婆一愣,但也成功制止了她打开鞋柜的动作。

"怎么了？"看到我反常的行为，外婆不解地问。

"这个，这个……"该死的苏麒，你真是害惨我了，"换鞋子太麻烦了，我不是在家里嘛，您告诉我在哪里，我去帮您找就行了。"

"嗯，好吧。"外婆点点头，总算答应了我。

呼，好险好险，苏麒，你要是不赔我一个"终身难忘的海上冲浪"都对不起我的智慧跟勇气啊！

"外婆，你在门口等一会儿，我帮你去找找。嗯……是在你房间里吗？"我一边往屋里走，一边头也不回地跟外婆讲话。

"房间跟浴室都有可能呢，我不太记得了……"

"没关系，我慢慢找……"

"要不你去房里帮我找，我去浴室看看吧。"

什么！浴室！

"不——要——啊——"

我脚尖一用力，来了个五百四十度旋转，整个人掉转了方向，一只手笔直地伸向前方，一只手向后伸展，脸上带着悲壮的表情。就在我完美地完成这一系列复杂的动作时，随之响起的还有腰间传来的一声清脆的"咔"！

"你今天怎么了，大呼小叫的，没事吧？"

"没事！没事！我先去浴室帮您看看吧！"我咬着牙，强忍住腰间的疼痛往浴室走去。

啊！我的腰，现在就算"海上冲浪"也满足不了我了！

就这样，在外婆怪异的眼神中，我一步步走到浴室门口。

唉，不知道我刚才那么大声跟外婆说话，苏麒听见没有，希望我进去的时候，他不会以"十八禁"的方式出现在我的视线里。

"喀喀。"临近门前，我还是决定再提醒一下苏麒，生怕他之前没听到，"我要进去了哦。"

咦？没反应？再来！

"我真的要进去了哦！"

还是没反应？连个水花的声音都没有？

"我是真的真的要进去了哦！"

"行了，进去就进去，你老在门口说话干吗？"外婆不耐烦地发话，"你再不去，我就自己去了。"

"别别，我去，我去，我这不是跟您说一声嘛。"咽咽口水，我眼一闭，心一横，双手握住门把，一下把门推开，颇有种"壮士一去兮不复返"的感觉。

水雾缭绕的浴室间，几乎什么都看不见，空气中尽是一股海水般清爽的气味，跟我在教学楼楼顶第一次见苏麒时闻到的味道一样，除此，没有一丝声响。

咦？怎么会没有声响？难道苏麒昏迷后溺水了……哎呀！他那么虚弱，这种事怎么想都有可能会发生啊！我怎么能这么粗心大意呢！

内心担忧不已，我怯怯地把头转向浴缸的方向，然而映入眼帘的并不是沉入水里的苏麒，也没有少年结实的身体、迷人的线条，而是……而是……

"怎么样？在里面吗？"看见浴缸里的不明生物，我险些叫出声，幸亏外婆及时开口打断了我。就像是小时候梦到可怕的梦境，得有人叫醒你，你才不会那么害怕。

我尽量稳住自己的情绪，四下看了看，在洗漱台发现了怀表，拿起后才走出了浴室，并把门带上。

"找到了，在浴室呢，外婆。"我将怀表交到外婆手中，笑着说道，只是这个笑容并不自然。

"你怎么去了一趟浴室就露出这副见鬼的表情啊？"外婆一边心疼地摩挲着怀表，一边看着我说。

"有，有吗？"我摸摸自己的脸，想起刚才看见的场景，心怦怦跳个不停，"可能是突然觉得有些累了吧。外婆，您不是还要出去吗？快去吧，晚上我做饭，等您回来。"

微笑着跟外婆告别后，等到大门一关上，我再也忍不住双腿一软，跌坐在了地上。

异类啊，完完整整的异类啊！不像我之前看到的半人半妖的形态，或者是迷谷那样可爱的类型，而是只要看一眼就会觉得大山般的压迫感层层袭来的、真正的大异类啊！

虽然他的样子并不恐怖，可是这种让人窒息的压迫感是怎么回事呢？而且他长得跟唐佳佳介绍我看的那些动漫里的异类一点儿也不像啊！

"要不然，我再去看看？我这可不是偷窥，而是担心他。对！担心！我担心他！"

给自己加油打气了一番后，我再次蹑手蹑脚地走向浴室，打开了浴室的门。

巨大的四脚生物几乎塞满了整个浴缸，全身呈透亮的蓝色，像是生活在白天的蓝色萤火虫，有着传说中龙一样的头，狮子一样的身体，浑身布满了鳞甲，嘴巴很大，还有两根大獠牙从嘴旁伸出来，虽然眼睛是闭着的，不过也不难看出这副相貌有多狰狞。呃……我刚才怎么会觉得不恐怖呢？

"看来我现在的心理承受力已经被白泽和苏麒磨炼得超乎常人了。"

最后，我不得不悲惨地总结出这个结论。

慢慢靠近"巨型苏麒"，我想起自己刚得知他是异类时，心里满是抵触，不过现在就算看到了他的本体，竟然也不觉得讨厌。想想我也是见过"大世面"的，怎么会因为苏麒的真实面目而害怕呢？其实更多的只是因为觉得自己被欺骗了吧，毕竟一开始我给他的定义可是"带孩子的好男人"啊！

我默默地趴在浴缸边缘观察，从蹲到脚麻，站起来，又蹲下，如此循环，还是不见苏麒有半点反应。

"喂，苏麒？苏麒，你还好吧？你不会晕了吧？你要是晕了告诉我一声啊！"

等等！他晕了怎么告诉我？

我颤抖着手，打算轻轻晃一晃苏麒，只要他像在后山上那样呻吟一声……呃，呻吟这个词好像不太合适呢……呢喃一声，我就出去。

手下的触感跟小时候抓鱼时的感觉一样，虽然有鳞片，却并不扎手，只不过苏麒这身"铠甲"明显比小鱼小虾们的结实。

"哇，滑滑的好舒服呢。"本来我是打算晃醒苏麒，可他身上鳞片的舒适度远远超过我的想象，让我半天舍不得拿开手。

"嗯，苏麒啊，我冒着这么大的风险借给你浴缸泡澡，不对，是治疗，你肯定不会拒绝的，对吧？"

……

"什么？你说没关系？"

……

"哎，我岂是那么随便的人，不过蹭一蹭倒是可以。嘿嘿！"

我张开双臂，打算像蹭蹭唐佳佳家里的"Money"——一只金毛

136

犬——那样蹭蹭苏麒，却不料起身时脚下一滑，直接整个人扑了上去，胸口更是重重撞在他背上，挂在胸前的琥珀石硌得我差点吐血，然后整个人便像泥鳅一样滑进了浴缸里。

我就想不通了，这个浴缸看起来明明已经塞满了，怎么我还挤得进去呢！

水呛入口鼻，我挣扎着想起身，生怕苏麒这个时候醒过来，随便动一动就压死我。

突然，脸朝下没入水中的我只觉得周围刹那间变得宽敞起来，而我也趁机迅速把头伸出水面，剧烈咳嗽起来，同时心里无限懊悔。

等咳得差不多了，气息稍稍稳定下来，我才一把擦掉脸上的水，睁开眼睛想看看是怎么回事。

"苏、苏麒，你醒了？"

刚睁开眼睛，我就看见了化成人形坐在浴缸里的苏麒，而我现在的高度恰好对着他的胸口！

苏麒没穿衣服呢……胸前光溜溜的……不知道……打住！打住！卫不语，你怎么可以这么猥琐！男女授受不亲啊！

"咕噜——"

我咽下一口口水，强忍住内心的好奇，颤颤巍巍地抬起头，露出一个自认为很温柔的笑容："我在门外叫了你好久，你都没回答我，我以为你出什么事了，所以才……"

"这个气息，好熟悉……"

"什么好熟悉？"

见苏麒醒来，我本来是想跟他解释，没想到他却突然开口，只是话还没说完，就又昏了过去，朝我身上倒来。而此时的我根本没力气去接住他，所以我再次脸朝下，被压到了水里！

看吧！看吧！假装对方听得见，一个人对台词绝对是会被惩罚的！

"可恶，可恶！不就是想蹭一下你而已嘛，用得着这样折磨我吗？"我一边脱下湿淋淋的衣服，一边愤愤地说道。

这是我今天因为苏麒的关系，换的第二套衣服了！

"幸亏我聪明，把浴缸的水全放了，不然我非得被你压在水下活活憋死不可！"

想起刚才因为苏麒突然晕倒，我被压进浴缸的情形，我一阵后怕，不过，苏麒还真是什么都没穿啊！万幸我只扫了一眼就机智地闭上了眼睛，不然一定会长针眼的！

换好衣服后，我又从梳妆台里找出吹风机，坐在镜子前吹干湿漉漉的头发。想到躺在放干水的浴缸里，至今还是人类模样的苏麒，我忍不住小声嘀咕："看样子他是不会再变回去了吧？这样是不是就代表他不用泡在水里了？可是为什么他还没有醒来？唉！那我是让他在这里休息，还是……"

"让谁在这里休息？"

"啊！"

今天是"惊吓节"吗？为什么从早上起，我的心跳就没正常过啊！

"你，你怎么来了？"

"我为什么不能来？"

"这是我家，是我的房间！"

"可这是我的腿，它想去哪儿就去哪儿。"

我是猪吗？我跟这人争论什么时候赢过！

我转过头，不再理会靠在窗边的人，当他是透明的。而他也闭上嘴沉默着，只是环抱着双臂盯着我，动也不动有如雕塑一般。

一时间，整个房间只剩下"嗡嗡"的吹风机声。但是每当我偶尔瞟到他时，心里又再次冒出了酸涩的气泡。

"你到底来我家干吗？"关掉吹风机，我认输般先开口。

"你终于肯跟我说话了？"

这家伙，得了便宜还卖乖。

"有事快说，我可没空跟你瞎扯。"我拨弄着额前的刘海儿，假装很不耐烦地说道。

我说完后，白泽久久没有回答。不过，越来越稀薄的空气让我明显感觉到了他的不满，甚至是愤怒。我咬着下唇，忍住心中的慌乱。

呵，真是的，他有什么好生气的，生气的该是我！昨天做了那种事，今天就若无其事地出现在别人家里。怎么说我也是个女生，难道我没有感情，我不会难过吗？

我越想越生气，最后干脆"啪"的一掌拍在梳妆台上，站起身来。

白泽因我突然的举动微微眯了眯眼睛。

"是！我是不小心喝了你珍贵的'青龙兽血液'，我知道我赔不起，我也知道你杀死我就如同捏死一只蚂蚁那么简单，至于你要我帮忙是不是你想出来折磨我的借口，我也不管了，反正随便你。只不过怎么说我也是个女生，我也会在意……在意一些私人空间，所以请你下次不要这样突然出现在我房间里，要是你早来一会儿，说不定刚好碰上我换衣服。"

我在意，我很在意，我在意你有没有一点点喜欢我。你根本不知道我有多努力不让自己再去喜欢你，再去想你。我一遍又一遍地告诉自己，你是异类，我是人类，我们是不可能在一起的，你也不可能喜欢我。或许我对你来说只是个"小妹妹"般的角色，你却让我的心反复疼痛着。

我尽量让自己心平气和地说完这段话，但是只要一想到昨天那个吻，我的声音就会不自觉地发抖，眼泪也差点流了出来。

白泽大概没想到我会这么不留情面地反驳他，他愣了愣，嘴角的笑意也收敛了起来，刚想张嘴说什么，就被我抢了先："我知道你对我没什么兴趣，我是小学生嘛，不过就算是小学生，也懂得男女有别。"我怕，我怕他一开口再戳中我伤痕累累的心，只好自己先说。

窗外的蝉不知什么时候又开始"知了——知了——"地叫着，一阵风吹得枝头的绿叶沙沙作响，也卷起我房间浅蓝色的窗帘。白泽一半身子都被盖在上下飘动的窗帘下，那隐匿的姿态，就像我从来没看清的他的心。

我低下头，准备再次开口叫白泽离开，突然，他猛地冲到我面前，并且抬手向我胸前伸来。

"你别乱来啊！"惊慌中，我大喊着向后退去，但仍被白泽一把摁到椅子上。

我闭着眼睛，说不出自己到底是害怕还是期待，只是屏着呼吸，颤抖着等待白泽的下一步动作。

"这是哪里来的？"半晌，白泽慌乱地开口。

听到白泽的问题，我睁开眼低头看去——他修长干净的手正抓着我没来得及收进衣服里的吊坠。

"那是我父母送给我的生日礼物，也是他们留给我的唯一的东西。"

透亮的琥珀石在阳光下闪着耀眼的光泽，斑驳的纹理仿佛经过了几个世纪的洗礼。

"是吗？你父母留给你的唯一礼物？这个竟然是你父母留给你的唯一礼物？"

听到我的回答，白泽颓然松开手，失神地往后退去，直到退至窗边，撞上了窗框才回过神说道："卫不语，看来我真的是欠你的。"

"什么欠我的？你说的话是什么意思？"白泽不是第一次说这种话，却是第一次让我觉得他不是在开玩笑。

在我印象中，白泽应该是那个嘴角始终噙着笑意，说出的话却气死人不偿命的家伙，但是看着他现在失魂落魄的样子，我心里的酸涩瞬间消失得无影无踪，取而代之的是不安。

"白泽，你到底在说什么？什么欠我的？这块琥珀石又怎么了？你见过吗？"

白泽的模样让我再次急切地开口，但是他久久没有回应我，良久，像是要破碎在风中一般的声音才响起："我感受到附近有山……有一股强大的力量在波动，不止是我，其他异类也感觉到了，所以你小心一点。"白泽说完，单手撑在窗台上，一个转身跃了上去，然后迅速消失了。

看着白泽离开的地方，我不自觉伸手抓住胸前的琥珀石，好一会儿才回过神。

算了，要是他不想说的话，我是无论如何都问不出来的，比起这个，浴缸里还躺着一个大活人呢……啊！我差点忘了浴室里面还有一个人呢！

我一边埋怨着自己的粗心大意，一边急急忙忙走到浴室门口。

"苏麒？苏麒，你醒了吗？"我敲着磨砂玻璃门，试探性地叫道。

苏麒，你赶快醒来吧，我可不想再冒着长针眼的风险进来了！

也许是我诚心的祷告感动了老天爷，在我暗自祈祷完后，浴室里真的响起了苏麒的声音。

"嗯。"

苏麒只回答了短短一个字，虽然听起来还是有些虚弱，不过比起先前精神多了。

"醒了就好，醒了就好，那你赶紧穿好衣服出来吧！"

咦？怎么回事？怎么又不说话了？难道又晕过去了！

就在我犹豫着要不要闯进去看看时，他的声音再次响起："水呢？"

什么水？

"你，你不记得刚才发生了什么事吗？"听到苏麒的问题，我心里"咯噔"一下。

卫不语别慌，千万别慌，你绝对不是去偷窥的，你是担心同学有危险，所以之前才进去"查看"的！

"我刚才……我刚才好像清醒了一下，可是没什么印象又昏过去了，刚才发生什么事了吗？"

没发生！刚才什么也没发生！

"哦，是这样的，刚才我在门外叫了你半天，可是你都没有反应，我担心你有事，所以才进去看你，可没想到你突然变回人类的模样，然后朝我倒过来，刚好把我压进水里，我这才放干了浴缸里的水。"

我说的可都是实话啊，只不过省略了一些不必要的情节，你可不能怪我啊。

"对不起，我刚才意识不清醒，今天真是太麻烦你了。"

"没，没关系啦！"

你千万别这样说，我承受不起啊！

"那我就在外面等着你，如果你需要帮忙的话，就叫一声。"

欺骗像苏麒这样单纯的少年，我内心的愧疚感实在是太浓了，不自觉地连说话的语气也带着些"有我能帮上忙的地方，尽管吩咐"的感觉。

"不，不用了，我一个人可以的……那个……那个……"

"嗯？怎么啦？有什么疑惑需要我解答吗？"

"我的衣服……"

"哦，你的衣服不是在浴室里面吗？你是不是拿不到？要我帮你递过来吗？"

"我不是这个意思，我是说……我没穿衣服……"

"然后呢？"

我当然知道你没穿衣服啦！所以你到底想说什么？

"我知道了！"

我没听到自己想要知道的答案，隔着一扇门，却听到了苏麒坚定的声音，顿时，我心里生出一股"不妙"的感觉。

"你，你知道什么了？"我整个人贴在门上，小心翼翼地问道。但是苏麒又沉默了。

唉！不是我乌鸦嘴，每次苏麒不出声的时候，接下来必定会作出让我惊掉下巴的举动。因为有"前车之鉴"，我飞快地站直身子准备离开，无奈腰上一痛，动作慢了几拍，而苏麒这时"唰"的一声打开了门，一把抓住我，双手像铁钳似的抓住我的双臂，强迫我直视着他。

"我知道了！"苏麒再次重复了一遍我完全听不懂的话，语气坚定得让我发毛。

"你，你到底知道了什么……不对，你还是先把我放开吧。"腰痛手痛，我这是造了什么孽啊！

"我会娶你的！"

娶，娶我？等等，苏麒，你是不是什么地方搞错了！

想起苏麒之前说的他没穿衣服的话，我灵光一闪。

"苏，苏麒……"

我颤抖着开口，话说到一半，又被他抢了去："我知道一个女孩子的

清白有多重要，所以——我会负责的！"

苏麒一脸严肃地盯着我，以至于让我暂时忘记了浑身的疼痛，目瞪口呆说不出话来，好半天才找回自己的声音："我的清白还在，是你被人看了，哦，不，我没看到，我闭上眼睛了……"

最后，我终于让苏麒放弃了"娶我"的念头。这么一折腾，眼看时间就到下午两点了，我们俩干脆一人一碗方便面，坐在客厅吃了起来。

"你之前昏过去时，说气息好熟悉，是什么意思？"我一边吸溜着面，一边好奇地问道。

"我当时意识还不清醒，所以也不是很清楚，只是感受到了一股很强大的力量，并且这股力量让我有种似曾相识的感觉，不过也正是因为它，我才恢复得这么快。"

"哦，我就说你怎么突然变回去了……不过，你每次变成那个样子时，都没穿衣服吗？"

第八章
CHAPTER

/08

我再如何接近他的世界，终究是个异类

听到我说"没穿衣服"，苏麒白净的脸上浮起淡淡的粉色，他"嗯"了一声后，低头大口大口吃着方便面。

看到他这个样子，我忍不住发笑。

"对了，我看你之前在浴缸时，有四只脚，龙头狮身，还有獠牙、鳞片，你到底是什么异类啊？"

"严格来说，我不是异类，只不过你们人类这样称呼而已。我本尊为'水麒麟'，乃上古神兽，品性仁慈，谙悟世理，通晓天意，可聆听天命，乃是王者的神兽。"

"这都是夸奖的话啊，你不是在自捧吧？"

"当然不是了，《山海经》中都有记载的。"

"哪个《山海经》啊？"

"当然是你们人界的了……"

"你们妖界也有吗？"

听到我的问题，苏麒突然沉默了下来。

我没有看他，也没有催促，因为我大概猜到他为什么会出现在后山，又为什么会受伤。虽然先前白泽话没有说完，但能引起这些异类轰动的，也只有《山海经》了。只是我不懂白泽为什么隐瞒我，他又不是没有跟我提过关于《山海经》的事，他到底在顾忌什么？

"对于异类来说，拥有强大的力量就是绝对的尊者，而且拥有越古老纯正的血统，它所蕴藏的力量也就越强大。而我，就是家族选出来的下一任家主。"半晌，苏麒才开口说道，但他没有直接回答我的问题，"我小时候刚得知自己被选为下任家主时很开心，因为这代表我很强，可是后来他们带我离开了父母，由专门的人员训练我。时间一久，加上还小，时常想念父母，有一次我便偷偷跑回去了，结果他们却诚惶诚恐地把我送了回去。那一刻我觉得，我并不是他们的孩子，而是什么了不得的人物……"

苏麒说话时一副淡然的样子，不亲切也不疏离，除了"害羞"之外，他似乎任何时候都是这样。我忍不住想，这是不是也是"训练"的一部分？

我没想过打听苏麒的身世，但听到苏麒说完，心中却有种没阻止他的愧疚感。

"好啦，别想那么多，至少你父母还健在，不是吗？虽然这样的相处方式有些特别，不过你要知道，一个人有多大的力量，相应的，他就会承受多大的责任，尤其是像你们那种大家族，做父母的也有身不由己的时候吧。"

"对，你说得没错，一个人有多大的力量，就会有多大的责任。"苏麒往屋内看了看，"你父母呢？看你家布置得这么温馨，你们一家人的关系肯定很好。就像你说的，可以吃同一种食物，喝同一杯水，睡同一张床，穿同一件衣服也不会觉得脏。"

"是啊，我们一家人确实是这样的，不过我父母在我小时候就去世了。"

"对不起，是我失礼了。"

"没关系，不知者无罪嘛！"我不在意地挥挥手，仰起脖子把汤喝了个精光。

看到我放下空空的纸碗，苏麒好奇地往里面瞅了瞅，然后又看了看自己的，接着也仰头"咕噜——咕噜——"喝了起来。

了解了苏麒的身世之后，我想我大概能理解他之前怪异的举动和奇怪的问题了，他应该是太久没有跟人用"平等"的身份交流才那样，害得我还担心他喜欢我。

虽然说被帅哥喜欢并不是件坏事，可是不知从什么时候开始，只要一想到帅哥，我脑海中全是某个人的身影。

"小语，我能问问你，你父母是怎么去世的吗？"放下空空的纸碗，苏麒满是关心地问道。

看到苏麒关心的眼神，我没有拒绝，轻声开口："我小时候经常跟父母四处旅游，一家人开着车，想去哪儿就去哪儿。不过有一次车子正在路上行驶时，一块大石头从路旁的山坡上滚了下来……为了躲避那块石头，爸爸开着车冲下了路旁的斜坡，不过幸好下面不是万丈悬崖。车子撞到一棵树上，除了车头稍稍变形，我们一家人都没事。我记得爸爸当时还说'贵一点的车子就是耐撞'。"

"既然躲过了事故，后来又发生了什么事？"

"休息后，爸爸和妈妈还是决定把旅游路线走完，没想到却在途中再次遭遇事故，一辆大货车直直对着我们冲来，我们连躲开的机会都没有，我也是在昏迷中被警察救出去的，而我的父母……再也没睁开眼睛。后来警察告诉我，那个货车司机喝多了酒。"

"然后呢？他没被惩罚吗？"

"当然被惩罚了，他自己也死于那场事故。"

我说完后，苏麒看着我久久没有说话，盯得我浑身不自在时，他才开口："现在我就是你的家人了，你也是我的家人了。"

"什么？"苏麒，你的思维又跳跃了吗？

"我们吃了同一种食物，也喝了同一杯水。"

"是这样没错……"可那是迫于无奈啊！

"不对！"他皱着眉，若有所思，"还没睡同一张床，穿同一件衣服呢。"

"别！我们是家人！是家人！"

"那好吧，听你的。"

明明就是我在听你的啊！

"从现在起，我是哥哥，你是妹妹。"

"那个，我想问一下，你到底多大了啊？"

"我们异类的寿命是比人类久一些，不过我还小，才五百岁。"

小？五百岁！

不过苏麒都五百岁了，白泽那个家伙应该有几千岁了吧！

"至于你刚才的问题……妖界也是有《山海经》的，但是妖界的《山海经》蕴含了巨大的力量，里面也包含了每位异类的弱点，其存在的形态也是多变的，可以说是权力的象征，后来意外掉落到人界，我也是为了找它才来的。"顿了顿，苏麒接着说，"只不过它能隐藏自己的气息，不然在妖界的时候，就必定会遭到一大批不要命的异类的抢夺了。我也是收到消息，说七年前曾在附近感应到《山海经》的力量波动，所以才一直在四周寻找，没想到今天遭到了其他异类的埋伏。"

　　七年前？听到苏麒的话，不知怎的，我想到了父母发生车祸的那次，当时我在昏迷前，看到一道亮光闪过……

　　"那你找到后呢？"

　　"当然是交还给当初守护它的四大神兽——青龙、白虎、朱雀和玄武。"

　　说到青龙，我忽然想起自己喝过的那杯……特殊"饮料"，想不到青龙兽竟然是守护这么重要东西的异类，那敢跟青龙打赌的白泽胆子还真大。

　　"可是这么危险的事，就让你一个人完成吗？"

　　"当然不是，还有其他家族的人也来了，比如鹿蜀、英招、青牛，还有神兽第一大家族白泽。"

　　苏麒说这句话的时候，我刚好在喝水，结果一听把水全喷了出来！

　　神兽第一大家族白泽？他说的这个白泽，不知道跟我认识的那个白泽有没有关系。

　　"你没事吧？"看到我呛得直咳嗽，苏麒一脸担忧地问道。

　　"没，没事。"我放下杯子，假装不经意地问道，"神兽第一家族很厉害吗？"

　　"白泽乃昆仑山上著名的神兽，浑身雪白，能说人话，通万物之情。在古代有圣人治理天下，会奉书而至，是可使人逢凶化吉，驱鬼辟邪的祥瑞之兽。传闻，白泽还有起死回生的能力。"

　　"起死回生？真的吗？"

　　"当然不是真的，不过他们的血液确实有治愈的能力。"

　　"听起来还挺厉害的嘛！" 我点点头，一边装作不在意的样子，心

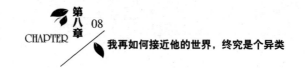

里又不由自主地感到自豪。

"那个，小语，我有件事要跟你坦白。"

"坦白？没这么严重吧？"

再说，最严重的事我已经知道了，虽然是我自己发现，然后跟白泽求证的——苏麒是异类的事实。

"其实我当初之所以接近你，是因为我对你很好奇，你明明不是异类，却看得见异类……小语，对不起！一开始，我并不是真心想跟你做朋友的！"苏麒说话时板着脸，似乎是为了证明他的诚心，语气中也带着一丝焦急。

"好啦好啦，你顶着张冰山脸，现在还故作严肃，都跟教导主任差不多啦！"看着苏麒不苟言笑的样子，我不禁笑出声。

听了我的话，苏麒也不好意思地笑了起来，接着说："后来跟你接触下来，我发现你似乎每天都很快乐的样子，我就算只是在旁边看着你，心情也会不知不觉变得很好，所以才慢慢生出跟你交朋友的念头，直到现在能跟你成为家人，我真的很开心！"

说实话，刚开始苏麒强制性给我定义的"家人"角色，我并没放在心上，直到现在看到这个单纯的男生一脸满足的样子，我的心也跟着软了下来。

也许苏麒的思维方式很奇怪，也不怎么会跟人交流，甚至不能清楚地表达自己的心意，害得我和唐佳佳都以为他喜欢我，但是，也正是因为他这份单纯的心思，所以我才没办法讨厌他吧！

"哈哈！没关系啦！人与人之间接触，就是从好奇开始的嘛！"我拍拍苏麒的肩，大笑道。

"你也好奇我是不是异类吗？"

"嗯……差不多啦！"不是好奇你是不是异类，而是好奇你为什么长得这么帅！

"对了，你昨天去我们教室找我了吗？"

"嗯，我想问你跟佳佳要不要和我去露营。"

"你为什么想到要去露营啊？"

"因为这样，我们就可以睡同一张床了！然后再完成喝同一杯水，穿同一件衣服，还有互相欺负……"

听到苏麒的回答，我除了想抽自己嘴巴，还想抽唐佳佳的。

什么互相欺负！跟苏麒一起，我和唐佳佳只能是被欺负！

时间一点点过去，等我和苏麒结束关于"异类"的话题时，已经差不多下午四点了。想起自己扬言要给外婆做饭，我当即急得跳脚，匆忙出了门。一心着急选菜的我，完全没注意到苏麒跟在我身后，直到买完菜。

"你还没回去吗？"

"外婆的红烧肉。"

回到"生活状态"，苏麒的思维又跳跃起来，好半天我才反应过来他在说什么。

"我是说过请你吃我外婆做的红烧肉，可今天是我做饭。"言外之意就是没有红烧肉。

"那就下次。"

嗯，嗯，我就是这个意思。

"这次先吃你做的，下次再吃你外婆做的。"

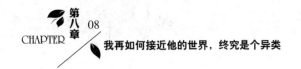

等等，我不是这个意思啊！

也许异类都有一个共同特点，那就是"不达目的誓不罢休"，总之，最后苏麒还是跟着我回家了。等到外婆开门时，看到迎接她的不是我，而是一个陌生男孩后，她还被吓了一跳。

苏麒没有白泽那么好的口才，但问什么说什么，偶尔还满脸茫然，显然也很讨外婆喜欢。外婆一边吃饭一边念叨："小语啊，你最近是不是踩到狗屎了？"

外婆这种间接贬低我的行为，直接导致我送苏麒离开时没给他好脸色，而他还是满脸茫然地看着我。

"家主！"

我和苏麒路过石桥时，一个声音从桥下传来，听起来很是兴奋。

我知道是小河妖，所以立马弯下腰往桥下看去，谁知道中午扭伤的腰却在这个时候再次疼起来。

"苏麒，救命！"眼见就要栽进水里，我大叫道。

被夕阳染红的河水潺潺流动，连折射出来的光都透着红。下坠中的我，从清澈的水面看到一只修长有力的手，就像老鹰提小鸡般将我拦腰捞起。他带着我转了几圈才站稳。

我刚想说谢谢，却在看见站在我对面的人之后，惊讶得半天说不出话来。

苏麒怎么会站在我对面？那救我的人又是谁？

"你，你怎么会在这里？"等看清救我的人是谁之后，我心中忽然一阵慌乱。

"我怎么不能在这里？"

　　红色的夕阳中，白泽一身白色休闲服，黑色的长发映衬着明艳的桃花眼，嘴角噙着浅浅的笑意，只是他看着我的目光让我有些惧怕。

　　他是在生气吗？可是他无缘无故生什么气？哼，该生气的是我才对。这个家伙，突然出现，又突然消失，然后再突然出现，中午的事情搞得我一头雾水，到现在都还浑浑噩噩的，他倒好，转眼又是这副慵懒的模样。

　　"行啊，既然你喜欢这里，这里就让给你好了。苏麒，我们走。"我一边说，一边伸手想拍开白泽搂在我腰间的手。

　　只是我的手刚刚举起，白泽便双眼一眯，搂在我腰间的手力气忽然加重，让我动弹不得，然后才靠近我笑眯眯地开口："你大概是忘了跟我说过什么话。"

　　"我说的话可多了，怎么知道你指的是哪句。"

　　"是吗？那我就再帮你重复一遍。"

　　白泽说完，没有再看我，而是慵懒地抬起眼皮，越过我的头顶望向苏麒，然后用只有我们两人能听清的音量，一字一句地说："你说过，我是异类，你不是，难道那个男生是人类吗？"

　　白泽过于暧昧的动作让我愣了愣，我还没来得及推开他，周围的空气里突然涌动着浓浓的咸湿的海水味，就跟苏麒身上的味道一样！

　　"放开她！"

　　苏麒突然大叫，随之响起的还有"轰——轰——"的声音，紧接着，四道圆形的水柱从不及小腿深的河中升起，足足有十几米高，就像海上的龙卷风一样，仿佛能绞碎周围的一切。

　　水柱旋转的力度让空气不断扭曲，强劲的风几乎把我吹走，连眼睛也睁不开，却没有伤到我。

"放开她，她只是个普通人，对你并没有任何作用。"苏麒的声音十分平稳，极具威严的气势让我忍不住一震。

果然是家主风范啊！只是……他是不是误会什么了？

"那个……"我刚想转身解释白泽对我并没有恶意，我们是认识的，忽然，一道银色的雾气从我耳边飞出去，直逼苏麒的方向。

惨了！这两人怎么直接开打了呢？

"他看起来很担心你啊。"白泽一边应付苏麒，一边分神跟我说话。

"他担不担心我，跟你没关系吧！"

"卫不语啊，你真是个口是心非的坏丫头呢，明明之前在我面前表现出一副很讨厌他的样子，转眼又跟他这么亲密，你要让我怎么想呢？"

白泽的话让我心头一跳，心底有个声音在不断叫着：他是在吃醋，绝对是在吃醋！

我深吸一口气，抑制住内心的躁动，颤抖着问："你是我的什么人，我为什么要为你着想？"

听到我的话，白泽愣了愣，手中的动作一慢，险些被苏麒打中，不过最后还是躲了过去。他看了我一眼，反问道："你希望我是你的什么人？"

白泽的话像个魔咒，我心底的答案也险些脱口而出，但最终还是忍住了，因为我不想再像个傻瓜一样被他拒绝。

下定决心后，我抬起头，想跟白泽说清楚，但是当我看见他光洁的下巴映在蓝银交织的色彩中时，突然想起漫天火烧云的那个傍晚，然后就情不自禁往他的嘴唇看去，接着，就想到他吻我时的样子……

"停停停！卫不语！你到底在想些什么！"

　　我胡乱挥舞着双手，试图赶走脑海里的画面，等到回过神才发现，不知什么时候，我挣脱了白泽的钳制，此刻正站在白泽和苏麒中间，而他们两人也早已停止了打斗，齐齐盯着我。

　　"小语，你没事吧？"先开口的是苏麒，他眨着眼睛，一脸茫然的样子跟刚才霸气十足的气势天差地别。

　　"嘿嘿，我没事，没事。"

　　"要是你哪里受伤了，一定要告诉我，我绝对会帮你讨回公道的！"

　　"谢谢你啊，苏麒，不过我真的没有受伤……"

　　"讨回公道？你打得过我吗？"突然，白泽的声音插了进来。

　　"就算我打不过你，还是会打！"苏麒立马不甘示弱地顶回去。

　　两人虽然停止了打斗，但又像小孩子一样斗起嘴来，终于，我忍无可忍地大吼一声："白泽！你够了吧！"

　　"我够了吗？你怎么不问他够了没有？"听到我的话，白泽眯着眼睛问道。虽然他的表情很平静，但我能清楚地感觉到他在生气，像是暴雨来临前的宁静。

　　感受到白泽的情绪变化，我心里一阵焦急，我很想告诉他：我不是因为讨厌你才叫你的名字，只是因为你的名字早已在我心中回响了千百遍，所以一开口就叫了你……

　　"小语当然是叫你了！我现在可是她的哥哥！她的家人！"就在我犹豫之际，苏麒朗声宣布。

　　随着苏麒的话音落下，我顿时觉得一阵春风吹过，百花齐放，万物复苏，因为——白泽笑了。

　　"原来是这样呀，小语现在就只有她外婆一位亲人，多个哥哥也好。"

"你又是谁？"

"那你得问小语。"

"小语，你们认识吗？"

"对……我们认识。"

看到苏麒疑惑的眼神，我艰难地咽咽口水，但紧跟着，白泽也立马说道："不止认识，还很熟，亲密无间。"

白泽的回答让我双颊的温度迅速升高，同时也让我想起他吻我时的情景。

唐佳佳曾经说过：雄性生物都是经不起刺激的，尤其是在属于他或者曾经属于他的东西被别人惦记时。这么说来，白泽今天的反常难道是因为苏麒？

"我知道。"突然，苏麒肯定的声音打断了我的思绪。

"你知道什么？"白泽吻我的时候，苏麒并不在旁边啊。

"你刚才不是叫他白老师吗？"苏麒眨眨眼，无辜地说。

等他说完，我只觉得头顶飞过一只乌鸦。

"哈哈——"寂静几秒后，白泽爆笑出声，他一手捂着肚子，一手忙着擦眼泪，好半天才停下来，"这小子真是太可爱了，比水麒麟上一任家主可爱多了。"

"你怎么知道他是水麒麟？"听到白泽的话，我大吃一惊。

"我当然知道了，我还知道——"白泽说着眯起眼睛，抬起下巴，深吸一口气说道，"这个味道，我中午时就闻到过。"

中午？那不就是苏麒在我家浴室躺着的时候？不知道为什么，我只要

一想到白泽知道有个男生在我家，而且是在"孤男寡女"的情况下，心里就一阵不安，不过看样子，他应该不知道苏麒当时是躺在我家浴室，而且还没穿衣服……

"好了，既然是这样我就放心了，那我先走了。"得知苏麒对我的"心思"，白泽挥挥手道别，临走前在我耳边小声说："哦，对了，你欠我的债，明天该还了。"

青山绿水衬着白泽笔直的身影。一直以来，他都像是一颗石子，总在不经意间扰乱我的生活，并且带着不可抗拒的神态。他临走前在我耳边说的话，让我心头一跳。

是啊，我还得帮他一个忙，等他找到《山海经》后，我们也就没有任何关系了，可是……可是我并不介意多帮他几个忙。

"小语，小语！你没事吧？"恍惚中，苏麒有些着急地叫道。

"哦，没事。"平复好自己的情绪，我微笑着回答，"不好意思啊，苏麒，刚才都是我没来得及告诉你我跟他认识，让你担心了。"

"没关系，你还记得你跟我说过什么吗？"

"嗯？"

"家人就是自己家的人可以欺负，别人不可以。"苏麒说完，毫不吝啬地露出一个大大的笑脸。要是唐佳佳在这里，我保证她会激动得痛哭流涕。

白泽离开后，先前因为惊吓而躲起来的小河妖再次叫着"家主"，钻了出来。就这样，我们一人两妖，坐在河边的草坪上聊了好久才各自回家，先前的不愉快也被我渐渐抛到脑后，直到第二天……

"啊——"

一大早，意识还未清醒的我看见自己床前站了个人，下意识地尖叫出声。

"小语！小语你怎么了？"听到我的尖叫声，外婆急促地敲着门问，

而此时，我也看清了面前的人是谁，一边埋怨这个不请自来的家伙时，一边庆幸——幸亏我睡觉习惯锁门，不然外婆要是直接冲进来，我都不知道该怎么解释了。

"没，没什么！看到一条毛毛虫吓到了而已！"

"你这孩子，一条毛毛虫就大惊小怪的。对了，你不是说今天有事要出门吗，还不起床？"

"嘿嘿！对不起啦，外婆，我不是故意的，我现在就起床。"

在白泽不满的目光下，我好不容易说服外婆离开，等到门外的脚步声消失时，白泽才眯着眼睛缓缓开口。

"毛毛虫？"

"这个……这个只是我瞎编的啦。"

"是吗？我怎么觉得你是在趁机骂我？"

"怎么可能！我怎么敢趁机骂你呀！"

"也对，谅你也没有'指桑骂槐'的智商。快点换衣服，我在外面等你。"白泽说完，风一样从窗口消失了。

什么？他竟然说我没有'指桑骂槐'的智商！哼！早知道我就不说毛毛虫了！说蚊子！一巴掌一只！

想象着蚊子模样的白泽在我耳边飞来飞去，然后被我一巴掌拍扁，心

中的郁闷瞬间消失得无影无踪。

唉！我也太容易自我满足了，跟鲁迅先生笔下的"阿Q"一样。不过这样也好，免得哪天被白泽气出病……不对，也许过了今天，我就算想被他气，恐怕也没机会了吧。

"结束吧，就算放不下，以后也只能埋在心底。不是说时间是最好的药吗，它能抚平一切伤痛……"站在洗手间，我看着镜子里的自己轻声安慰道。目光落到了胸前的琥珀石吊坠上。在晨曦的光芒中，琥珀石透亮得像是水晶一般。

"为什么他那么在意这块石头？刚刚我睡着的时候，他是在看这个吧？可是如果他想要的话，照他的性格，不是应该想尽办法弄走吗？"

想不通白泽反常的行为，我只好迅速洗漱完，然后一手抓了一个包子往外冲去。

"白老师。"走了一段路，等到包子也吃得差不多时，我总算看到了靠着树干的白泽，笑着叫道。

"今天星期天。"听到我的声音，白泽看也没看我一眼说道。

"我当然知道今天是星期天啊，不然我怎么去咖啡店帮忙。"

"嗯，看来有些人觉得一辈子都能看见异类也挺不错的……"

"店长，你站多久了，累不累，渴不渴，吃早饭没有？"不等白泽说完，我立刻改口谄笑道。

"不累也不渴，至于早餐……"白泽说着，低头看了一眼我手上的半个包子，"你打算拿这个招待我吗？"

"嘿嘿，你来得那么早，我以为你吃过了。其实要是你不介意，剩下的这半个包子，我还是可以大方地送给你的。"

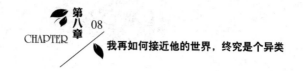

"好啊，我不介意。"

我晃着手中的半个包子，本来是想小小戏弄一番白泽，没想到他的反应完全超乎我的意料，爽快地答应后，张嘴就朝我手上咬来。

"吃同一种食物，喝同一杯水，睡同一张床，穿同一件衣服……嗯，看来我还得多多努力啊……"

白泽说完，不管我脸上的表情如何震惊，眯着那双桃花眼就往前走去。

他怎么知道我跟苏麒说过的话？难道那次在楼顶，他偷听了我们的谈话？我记得他当时站在楼梯转角等我……

不管出于什么原因，白泽最近真是越来越让我搞不懂了，或许是他明确地告诉过我不会喜欢我，所以才像逗小猫小狗一样逗我吗？多多努力？怎么努力？努力成为我的家人吗？我可以接受苏麒，却不能接受他，因为如果这样，我就连偷偷喜欢他都不可以了。还是说，这就是他所希望的……

有些想法一旦冒出来，就会像荆棘一样扎根在心里最柔嫩的地方，疼痛、酸涩，所有不好的情绪都围绕着我，以至于一路上我都没再开口跟白泽说话，就连回答他时也十分敷衍。

对于白泽来说，也许我真的是小猫小狗吧。

"小语！你终于来啦！你之前突然辞职竟然都不跟我说一声，太没义气啦！"我刚到咖啡店，熟悉的惊呼声响起。

"小音姐姐。"看到来人，我甜甜一笑。

来到咖啡店之前，我曾多次暗暗给自己打气，毕竟一个人混在一群异类里，想想还是会胆怯。可奇怪的是，我现在不仅看不见小音姐姐的猫

耳，就连周围的人也十分正常。

"对了，小音姐姐，这家咖啡店还在营业吗？"想不通原因，我转而问起咖啡店的事。

"当然在啊，虽然店长为了你去了四叶学院，不过这家店还是没关。"

"他才不是为了我呢，小音姐姐你别乱讲。"

"行啦！不逗你了，不过，小语，你还喜欢店长吗？"小音姐姐说着，望向站在店门外的人。

穿着白色休闲装、笑着跟人聊天的白泽，还是我印象中圣洁天使的模样。金色的阳光为他镀上梦幻的光晕，只是，我现在更清楚地知道，他确实是天使，是我触碰不到的天使，无论是他的不喜欢，还是我的软弱，我们之间始终有差距——人和妖的差距……

我盯着白泽的脸，好一会儿才开口，说出的话像是针尖锥在心上："不喜欢。"也不能喜欢，他是可以活几百年甚至上千年的妖，而我只是人……

话音刚落，白泽似乎有感应般转过头，一时间，四目相对，但是这次，我倔强地没有移开视线。

卫不语，你该清醒了，看看周围的这些人，不，应该说妖，只有你是不同的。他们才是跟白泽生活在一个世界的同类，你不是。

深呼吸后，我朝白泽露出一个大大的笑容，还做了个鬼脸。看到他怔愣的样子，我笑得更开心了，只是心底的荆棘却像疯了一样不断生长，刮得我遍体鳞伤。

终究，我再如何接近他的世界，我还是是个异类。

彩带、气球、自助式食物和饮料、悠扬的音乐……聚会很热闹，大家一直闹到晚上，而且，我还在聚会上见到了一个想都没想过的人！

"请问，你是S吗？"走到有些面熟的男生旁边，我试探性地问道。

长相俊朗的男生站在吧台旁，单手端着马提尼杯，杯子里还放了颗红艳艳的樱桃，表情跟小桃给我看过的专辑封面一样冷酷。

"是。"

哇，真的是S!

"你好！我是来这边帮忙的！"得到确认后，我满脸欣喜。

"帮忙的？"

"啊……不是服务员，我是那个……"

想着白泽带我来的原因，我一下子不知道该说什么。

S却说了句轻飘飘的"我懂"，然后整个人的气质发生了翻天覆地的变化。他一改冷酷的形象，缩着脖子，贼兮兮地凑近我，用没拿酒杯的手捂在嘴边。那模样让我愣了好一阵，我甚至想"这家伙只是跟S长得像而已吧"。

"你是新人吧？"

新人？是说我是新来的打工人员吗？

"其实我也不算新来的，只不过中途离开了一段时间。"

"哦——这样啊，我就说嘛，我没见过你。对了，你是跟谁来的？"

"我是……"听到S的问题，我转头望向白泽，一脸为难。

我是该直接报上白泽的名字呢，还是叫白老师或者店长呢？

"你是跟小音来的？"

"啊？"

"你不是在看小音吗？难道你还不知道她的名字？"S一边说，一边朝着某个方向扬了扬下巴。

而我这时才看到，原来小音姐姐就站在离白泽不远的地方。跟以前一样，每次我和白泽站在一起，别人都会认为我是他的妹妹或者亲戚家的小孩，S也不会认为我是在看白泽，只当我看的角度有偏差。这样的感觉糟透了。

"嗯，算是吧。"点点头，我连解释的力气都没有，随口问道，"你是受邀来演唱的吗？"

"受邀？哼，要是我有那么大的面子就好了。"

"哦……"

我就说嘛，这个小小的咖啡店聚会能请来当红男星S，就算酬劳给得足，别人也不一定愿意啊……

等等，他刚才说什么？他是说他没那么大的面子？

"小语，你跟他在这里干什么？"

我还在细细回想刚才S说的话，小音姐姐的声音突然响起。

我回过神时，刚好看见她鄙视地瞅了S一眼。

是的！是鄙视！我没看错！

"小音！你怎么对我还是这么冷淡？"S满脸委屈的模样吓得我下巴险些掉到地上。

"行了行了，你给我走远点，别到处祸害少女，小语可是店长带来的。"

"店……"听到小音姐姐说"店长"，S立刻收起原本嘻嘻哈哈的表情，压低声音问，"你是说白泽？"

164

"除了他，谁还是我店长啊！"

"我还以为她是跟你来的呢！"

"我看你是当明星当太久跟圈内脱节了，要是你敢打小语的主意，我保证你以后会过得很精彩。"

"不要啊！美丽善良大方的小音！我求求你千万别告诉白泽啊……"

听着小音姐姐和S十分熟络的对话，我脑袋一片空白。这是什么情况？他们很熟？

"小语啊——"终于说服小音，S转而一脸殷勤地望着我，"这是我亲笔签名的专辑，要是你喜欢，我还可以再多送你几张，就算你不想要专辑，要签名照也行，而且你还可以送给你的朋友们。我就是拜托你，千万别跟白泽说。"S说完，不知道从哪里抓出一沓他的亲笔签名专辑塞到我手上。

望着手中沉甸甸的专辑，我想起前不久小桃跟我说她错过S签售会的事。如果让小桃知道她千辛万苦想得到的S签名专辑，被那个人当作大减价的白菜一样塞到我手里，不知道她会怎么想。

"那个……"实在受不了S的唠叨，我开口打断他，"你要我别跟他说什么呀，你好像也没和我说什么……"

像是定格了一般，在我颇为绕口的话说完后，S强颜欢笑的脸瞬间僵硬。

我不再搭理他，让小音姐姐先帮我保管专辑，转身去找毕方。

"哈哈！小语！我好想你啊！"我找到毕方的时候，他正在豪迈地喝着酒，看到我后大笑着打招呼，不过我可不是来找他叙旧的。

"毕大叔，你老实告诉我，大家知道我能看见异类的事吗？"

“嗯，这个嘛……”

“别这个那个的，他们到底知不知道？”

“唉——”抵不住我的固执，毕方长叹一口气，“知道，是白泽说的，他担心你看见这么多异类害怕，所以提早给大家打了预防针，让大家别吓到你。”

属于妖精的语言，旋律美得让人心碎

听到毕方的话，我心中的疑虑总算得到解答——原来不是我看不见，而是白泽让大家藏了起来。还有S口中所说的"新人"，其实是指"新来的异类"吧。

忍住内心溢出的一丝感动，我看了吧台旁发愣的S一眼，转移话题。

"他也是异类吗？"

"是啊，那小子是个明星，如果你要他的专辑或者亲笔签名，跟我说，我去帮你要，你们这些小女生不都爱这个嘛。"大概毕方也担心我会在"白泽"的问题上纠结下去，见我没有追问，连回答的语气也变得欢快起来。

"不用了，他刚才已经给了我。"

"你们刚才打过招呼啦？"

"对呀！"

"这个臭小子，看到女生就想展开尾巴，果然是爱炫耀的公孔雀……"

"你是说S是孔雀？"

"是啊！看到雌性生物就忍不住招摇，被小音揍过很多次了。"

好吧，孔雀就孔雀，总比他专辑封面的人身羊腿好。

与屋外的单调夜色相比，此刻的咖啡店灯火通明。

五彩斑斓的灯光，像是街道上炫目的霓虹灯，音乐声和欢呼声让人联想起"海盗"电影里大口吃肉大口喝酒的场景。

作为正常人类活在这个世界上，大家有着各自不同的身份，比如学生、上班族、明星……在这个难得的同类聚会中，很快大家都忘了还有我这个"人类"的存在，慢慢显露出了本体——当然，显露的只是部分的形态。

"小语！快来陪毕大叔喝一杯！"不知喝了多少酒的毕方端着两杯啤酒摇摇晃晃地走到我面前叫嚷道，一身红色的毛发格外亮眼。

"毕大叔，你还是少喝点吧，都长啤酒肚了。"我一边说一边伸手去接毕方手中的杯子。

"小语啊，你这称呼就不能改改嘛。"

"改什么改，毕大叔听起来多亲切呀！"

"亲切是亲切，可是我还这么年轻……小语啊！你能理解单身二十多年的痛苦吗？"

本来我还想再戏弄毕方一下，可见到他"酒后吐真言"的样子，还像小媳妇一样擦着泪，心里的念头消失了，刚想说"好"，就听到了一个不满的声音，同时，我手上的杯子也被人抢走了。

"不能改。"白泽拿着从我手中夺走的啤酒杯，冷冷地说道。

"为什么不能改？你也太霸道了吧，白泽！小语要叫我什么是她的自由！自由万岁！"

"自由万岁？毕方，你酒后胆子还挺大的啊？你竟然敢趁我不注意的时候给她酒喝？"

"我……我……"听到白泽冷冰冰的声音，毕方似乎一下子清醒了许

多，"那，那她还是有权利选择叫我什么吧……"

"没有！"

"为什么……"

"因为她是我家的，归我管。"白泽说完，宣布主权似的伸手抚上我的头顶。

他的手，像是握着一个太阳，炙热柔软，让我无比眷恋，只是这次，我告诉自己，我不能再沉沦下去了。

"不好意思，我不是你的小猫小狗，也没办法按照你的心情去行事。"我果断地拍开了白泽的手说道。

这一刻，周围的喧哗似乎跟我之间隔着一道分界线，在我这个小小的寂静的世界里，我看见了自己倔强的脸，看见了毕方尴尬的表情，看见了白泽渐渐暗淡下去的眸子……

我和白泽面对面僵持着，大家都没发现我们这边的异样，到后来，还是我忍不住先别开了脸，然后走开。

我走开的时候还在想，这大概是我在白泽面前做过最帅的事了，只不过天知道我刚才下了多大决心，以至于整条手臂都在发抖。

也许是我的话刺激到了白泽，也许他真的生气了，接下来的时间，他都没有再管我，只是没有人再给我递酒，全都换成了新鲜的果汁。不用猜，这一定是白泽做的。就像我说的，只要是他想做的事，他就会想尽一切办法完成。

"各位，眼看聚会要接近尾声了，我们是不是该请聚会的举办人来表表态啊！"

"对对对！我可是为了聚会推掉了重要的约会呢。"

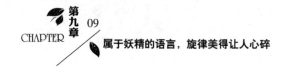

"行啦，就你有约会啊，我还推掉了一个酒会呢。"

在一片嬉笑中，坐在吧台旁的白泽笑意盈盈。淡黄的灯光照在他身上，让他过于明艳的桃花眼显得一片柔和，长长的睫毛上下扇动，像把小扇子。

"谢谢大家长久以来的照顾，认识你们我很开心，只不过今天之后，也许有些事就会变得不一样了，所以我才举办了这次聚会，希望能跟大家热热闹闹地聚一次。"

白泽的话出乎所有人意料，大家开始发出细碎的议论声，唯独我，心像坠入冰窖一样冷。

他这是在跟我道别吗？如果我帮了他这个忙，我们从此就再也没有任何瓜葛了。

"虽然这番话比较伤感，但我还是会附和大家的热情，在此，白某献歌一曲。"没等大家问出疑惑，他又笑着说道。

配合着白泽的话，灯光一一熄灭，四周陷入与屋外一致的黑暗，只剩下吧台上方暖黄的光照在白泽身上。

淡淡的、暖暖的色彩，像是我莫名当选班长的那个下午，斜斜的阳光拉长讲台上一身西装的人的影子；像是我吃着冰激凌却被人抢走的午后，阳光晕染到站在车水马龙的街头的人身上，仿佛让我看到童话故事中的国王；像是我被罚扫教室的那个傍晚，阳光照在一张白净的脸上，让我移不开视线；像是我第一次遭遇异类袭击醒来后的那刻，在红艳艳的火烧云下，我仿佛看见烟花在空中绽放……

坐在唯一的灯光下，白泽垂着眼帘缓缓开口，他用的是我从没听过的语言，但是旋律很优美，尤其加上他的声音，让听的人更是心醉，我从没

想过白泽唱歌竟然这么好听。

"这首歌，说的是一对互相爱慕的情侣，却因为某些原因不能在一起。"怕我听不懂，坐在我旁边的小音姐姐轻声为我解释，"别看我的泪，因为我只想给你我最美的笑容；别看我的伤，我现在只想给你看最亮的那个太阳。牵着我的手，哪怕最后你和我不能一直走下去，但是至少，请让我看着你。即使我会在陪伴了你无数个日子消失，不要流泪，不要说对不起……"

每当白泽唱完一句，小音姐姐就会轻声给我翻译。

在唱到最后一句的时候，白泽突然抬头直直望向我，眼中闪动着比钻石还璀璨的光芒。

"怦怦，怦怦"，心脏不受控制地跳动着。

"你知道我爱着你。"

随着小音姐姐翻译完，我瞬间失去所有思考的能力，无数个念头从脑海中闪过，然后迅速起身跑出咖啡店，同时，我还听见身后传来一片桌椅碰撞的声音。

"卫不语！"在我跑出咖啡店一段距离后，手臂忽然被人抓住，由于惯性，我直接转了个身面向他。

夜空深沉如墨，闪烁的星星洒下微弱的光芒，我盯着眼前毫不陌生的面孔，良久才开口。

"如果你是来确认小猫或者小狗哭了没有，那么恐怕要让你失望了，但是，如果你是来确认小猫或者小狗伤心了没有，我倒要向你说声恭喜……白泽，你真是个自私的家伙，你把我当什么？就算我糟蹋了你不得了的东西，偿还的代价也太大了吧！嗯？我的心只有一颗啊！你怎么能这

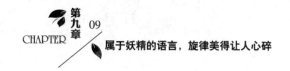
么残忍，说亲就亲，说不喜欢就不喜欢，但是为什么还要做出这种让人误会的事？"

没了笑意的白泽不再是一副慵懒的样子，不管我说什么他都没有回答，只不过他看着我的眼神很复杂，黝黑的眼眸中似乎翻涌着惊天的巨浪。

"对我来说，你就像个迷宫，我兜兜绕绕，最后找不到出路，困死在里面。你根本不知道我有多挣扎，你却一副局外人的姿态看着我受苦，一次次把我逼向迷宫更深的地方。我不求你告诉我怎么出去，只求你走开……"

夜晚寂静的小道，只有微风吹过树叶的声音，我站在白泽面前，一个人絮絮地说道。

在此之前，我无数次暗暗告诫自己，"结束吧""算了吧"，但是当我真的听见白泽说要离我而去的时候，又忍不住想逃避。

我害怕，害怕他说："很高兴认识你，卫不语！再见！"

挣脱开白泽的手，我飞快地往公交车站跑去，眼泪却像决堤的洪水般止也止不住。在上公交车时，公交车司机看到我还吓了一跳，问我有没有事。

有事，我当然有事，这该死的初恋，我到现在还搞不清楚自己怎么就喜欢上了一只妖。

我到家的时候，外婆已经睡下了。

洗完澡回到房间，我在收拾衣柜的时候，竟然发现了当初唐佳佳让我带回家的红酒。

"我就记得拿回家了，原来放到了这里，我当时一定是醉糊涂了。"拿着沉甸甸的酒瓶，我自言自语道，只是话音刚落，就想起唐佳佳当天生日的情形，接着，白泽笑眯眯的模样便清晰地浮现在眼前。

"不行，不行！我不能再想他了！"我拼命甩着头，试图甩开脑子里白泽的脸，然后再看向手中的酒瓶时，决定把红酒喝光。

我关上灯。

此时，四周一片黑色，只有点点稀疏的光亮透过敞开的窗户照到房内。

就在我用牙跟瓶塞做"斗争"时，一个细微的声音响起。

"小语？"

嗯？这个声音听着有点耳熟呢？

"小语，你回家了吗？"

一下没想起那人是谁，我也不敢乱答，生怕是想叫走我魂魄的小鬼。等看到有个人影想从窗户跳进房间时，我才抓紧酒瓶准备砸过去。

哼！偷偷爬进别人家的窗户，一定不是什么好人！

"砰！"

沉重的玻璃瓶撞击肉体的声音响起。

糟了！这一下没打到人，竟然让他徒手接住了！花一样年纪的我不会就在今晚孤独地凋零吧！

我张大嘴，刚想叫救命，"人影"再次开口："我是苏麒。"

"喀喀！"我及时咽下欲出口的话，呛得满脸通红，"苏麒？"

"嗯。"

"你怎么来了？"

"我来看看你，小河妖说你心情不好。"

"是吗？连小河妖都看出我心情不好了啊……"垂下头，再抬起来时，我已换上大大的笑脸，"今晚我们不醉不归！"

夜风微凉，夜空似藏青色的帷幕，点缀着闪闪繁星，让人不由得深深地沉醉。在一片静谧中，人们都已睡下，只有动物偶尔发出阵阵窸窣声。

在我的提议下，苏麒抓着我一跃跳到屋顶上，让我享受了一把古装片中的待遇，只不过现代的屋顶没有那么舒服。

"白，白泽，你，你真是个坏，坏蛋……"几大口酒下肚，我说话的时候舌头已经有些打结。

"白泽？"

"对啊！就是，那个，那个白老师！"

"他叫白泽？那他……"

"哼！他，他可狡猾了！我又不是故意喝，喝那个什么'青龙兽血液'的，可，可是他竟然怪我！要我还，还债，这，这根本是剥夺我的人身自由！剥夺自由也就算了，为什么，为什么他连我的心也要夺走？苏麒啊！我只有这一颗心啊……"说到后面，我已经意识不清醒，说的内容连我自己也不知道，整个人更是趴在苏麒身上，又是擦眼泪，又是擦鼻涕的。

"苏麒啊，为什么你没有红毛、没有翅膀，也没有猫耳朵呢？你不是喝酒了吗？"

借着月光，我努力睁开眼睛，看着小心扶着我的男生，好看的五官像月光一样清冷，但眼里尽是暖意。

就算是异类，也有情感上的需要啊。

"那是因为你太弱了，看不到。"

"嘿嘿，照你这样说，我家店长也很厉害喽！"

"你的店长是谁？"

"白泽啊！嘿嘿，你们昨天打架的时候，他是不是很厉害？"

"他确实很强，不过，他身上的气味很杂乱，我当时并没有感应出他是什么异类，而且银色的雾气也是我没见过的……"

不仅我说了很多，苏麒也说了很多，但是无力思考的我，基本处于左耳进右耳出的状态。

昏睡中，我梦到了许久不曾见到的场景。

那是一个阳光明媚的天气，我和爸爸妈妈坐在车上，一家三口自驾游。突然，一块巨石从路旁的斜坡滚下来，轰隆隆的声音吓得妈妈赶紧把我抱在怀里，爸爸也慌张地打着方向盘。

车子在公路上摇摇晃晃，最后为了躲避巨石而冲下了公路。当时大脑一片空白的我，透过妈妈手臂间的缝隙，看到巨石滚落的山坡上站着一个人。

站在山坡上的人弯着腰，一手捂在胸口，一手无力地垂在身侧，好像受伤了。他身上穿着白色的宽大袍子。袍子在风中翻飞的力度，似乎能让人听到呼呼声。他有着一头黑色长发，黑发映衬着白袍，也在风中飞舞着，画面美得让人移不开视线，也让我一瞬间忘了害怕。

接着，不知是我眼花，还是车子过于颠簸，就在我的视线即将被挡住的时候，我仿佛看见山坡上的人变成了一种巨大的生物——浑身雪白，角似盘羊，背上有翅，周身萦绕着银色的雾气……

"啊——"

从梦中惊醒的我，心跳异常的快，额头也全是汗。

这是梦吗？还是我小时候真实见过的场景？银色的雾气……银色的雾气不是那个人的吗？

我皱着眉，拼命回想梦中的情形，但是再也想不起山坡上那个人的容貌。

我长叹一口气，打算放弃的同时，总算发现被子的重量有些不对。

我明明盖的是薄被，怎么感觉比冬天的还厚重，而且还是那种叠了几十床被子的感觉？

啊！看清身上的"被子"，我险些叫出声，不过幸亏及时止住了。

我双手捂着嘴，看着压在身上的巨型生物，不由得想，要是我刚才叫出声而引来了外婆，我该说自己看见了什么好呢？

"苏麒？苏麒？"我伸手戳了戳他清凉的蓝色鳞片，轻声叫道。

太阳正从地平线升起，靠床的窗户没关，细碎的光芒洒了一室，落到体形巨大的蓝色身躯上，泛着萤火虫般的色泽，那浓密的睫毛也像铺上了一层碎钻。

"小语，你醒了？"

在我的呼唤声中，苏麒慢慢睁开眼睛，只是有着兽身，却说着人类的语言，总让我觉得有些奇怪。

"呃，你能不能先起来，我快不能呼吸了。"

"好。"

他点点头，十分乖巧地跳到地上，四脚落地，高大的外形立刻让我感到一阵压迫感。

看着苏麒轻盈的动作，我目瞪口呆，这落地的力度竟然跟他现在的体形完全不成正比，不过要是成正比的话，我估计早就被压死了吧。

"昨天是你把我带回房的吗？"

"嗯，你昨天喝了好多酒，还说了好多话，后来睡着了，我就把你抱回来了。"

"那我没有做什么丢人的事吧？"

刚刚醒来的时候，我就发现自己穿戴整齐，所以也没有在看见苏麒之后大呼小叫，只不过想起唐佳佳喝醉时看着苏麒的照片胡言乱语，我也怕自己叫着白泽的名字发疯。

"没有。"

"哦，那就好……"

"你只是叫着'白泽，你这个家伙，剥夺我的自由也算了，为什么还要夺走我的心，我只有这一颗心'；还有'白泽，我好想你，不，我不想你，我再也不要想你了'；还有……"

苏麒每说一句，我的心就下沉一分。

天啊！这都不叫丢人，还有什么叫丢人！

"停停停！不要再说了，你就当从没听过吧！"我赶紧阻止苏麒。我庆幸自己是当着苏麒的面说的这些话，要是换成唐佳佳，我一定会被她羞辱一辈子！

"不过，你为什么会这个样子躺在我床上啊？"

"是你说想像蹭蹭'Money'那样蹭蹭我，要我变回本体的样子。"

我连这种话都说了吗？把身为神兽的水麒麟家主跟一只金毛犬相提并论？我会不会被追杀啊……

"对了，'Money'是谁啊？"

"哈哈，'Money'就是钱的意思！英语课本上都有教的嘛！我不开心的时候，最喜欢钱了！哈哈，时间不早了，今天还要上课呢，你先走吧！昨天真是谢谢你了！"

我一边在心里感谢唐妈妈给家中的宠物取了"Money"这个名字，一边把苏麒往窗外推。

唉！这窗户都快成为我家第二扇门了。

"卫不语。"我刚到校门口，就被人叫住了。

什么？你说叫住我的人是唐佳佳那个高分贝的家伙？不！没见我用的是句号吗？

"白老师早。"我虽然不想见到白泽，但毕竟他还有着"老师"的身份，不得不礼貌地打招呼。

"你喝酒了？"白泽一开口便毫不避讳地说道，声音虽然不大却明显带着不悦。

哼，我喝没喝酒要你管，你以为你是我的什么人？况且，你还是害我喝酒的罪魁祸首！

当然，这些话我并不敢说出来。

"白老师，昨天可是星期天。"我的言下之意是，休息日，你不用管这么多吧？

白泽眯了眯眼，用一副"你胆子不小啊，竟敢用我说过的话堵我"的眼神看着我，缓缓开口："那你喝完的时候几点了？"

"半夜12点多。"我当时还特意叫苏麒看了下时间，打算早一点睡呢。

"哦，半夜12点啊？那不就是星期一了？"

我这才恍然大悟，心里暗骂自己实在是"太诚实"了！

"还有——"白泽微微凑近我嗅了嗅，"怎么一股'苏麒'味？"

喂！什么叫一股"苏麒味"啊！你还一股"白泽味"呢！

"你们昨天在一起？"

"呃，见，见过……"我总不能说一起睡了吧？虽然对方是"兽"的形态。

"这可不是见过就能留下的味道。"白泽压低声音逼问道。

此时，我总觉得白泽身后有一大片乌云，而藏在乌云里的惊雷，似乎随时准备对着说错话的我劈下来。

理智告诉我不能说实话，反正这件事只有我知苏麒知道，何况，他白泽凭什么要求我说实话，可是我又受不住白泽强大的气势，额头直冒冷汗。

就在这千钧一发之际，我耳边再次响起熟悉的声音。

"小语。"

"苏麒！"

救星啊！真是大救星！我感动得都要落泪了。

"白老师。"走近后，苏麒主动跟白泽问了好。

白泽笑着点了点头，一副好老师的模样。

这个时间点，学校门口的人还不是很多，不过白泽和苏麒同时出现的画面还是十分引人注目，三三两两路过的人纷纷停下，然后双手合十，两眼放光地盯着看。

"苏麒！我竟然看到苏麒了！"

"是啊！他还和白老师站在一起！白老师真是太帅了！"

"哦！这两人站在一起实在太养眼了！"

各种各样的议论声远远传来，内容全是感叹苏麒和白泽站在一起的画面如何如何养眼的，完全忽视了夹在中间的我。

此时此刻，我十分感谢自己的矮个子，要不然我一定在第一时间就被注意到了！

就在我窃喜于苏麒及时到来，周围的女生也没注意到我的时候，事情突然发生了转变，跟白泽打完招呼的苏麒，一脸无辜地转向我开口说道："小语，你今天早上把我从你房里的窗户推出去时，没把我的衣服还给我。"

我房间的窗户并不大，不过由于苏麒的本体可以随意变大变小，所以我才直接把他从窗户推出去，与此同时，也完全忘记了衣服的问题。

此刻，当苏麒"毫无心机"地说出来，我的脸已经不能用"绿"来形容了。

"呵呵。"突兀的笑声打断了我的尴尬，"昨天你们在一起，你怎么也不叫小语少喝点酒，万一她今天上课时头痛怎么办？"

说话的人有着温柔亲切的笑容，语气中隐隐透着关心，又带着责备，真情流露，让我都忍不住想拍手叫好，只是我身边骤然变冷的气温不断提醒着我——这是假象！

"是我考虑得不够周到，不过小语当时的样子看起来很伤心，所以我不忍心……"

"她昨天回去时还好好的，怎么会伤心？"

"不是啊，小语昨天可是一边喝酒，一边叫着'白泽，你这个家

伙……'"

当我回过神来的时候，他们两人的对话已经朝着不可挽回的方向发展。

我当即跳起来阻止："啊啊啊！要上课了！苏麒，快走！"

深深领教过苏麒异于常人的思维方式，我决定直接拉走他。然而我这一拉，不仅拉走了苏麒，还拉走了一大堆来自围观少女的仇恨，在上课铃响起之前，这件事便在帖吧上引起了轰动，不仅有文字描述，还附上了照片。

"哎！你看帖吧了吗？就是拉苏麒手的那个女生？"

"看了！哼！要不是照片上那个女生的样子看不清，我早就去当面教训她了！"

"就是，她竟然敢拉苏麒的手，我看帖吧上的人说，还是她主动的，真是不要脸！"

站在洗手间隔间里，听着外面毫不掩饰的议论声，我瞬间无语。

我这……这也太幸运了吧！每次都能在洗手间听到别人骂我，虽然大家并不知道那个女生是我。

"有本事你也去啊，别躲在这里说风凉话。"突然，与前两个女生明显有着不同立场的声音响起。

咦？这声音……

"李怡萱，我们说那个拉苏麒手的女生，又不是你，你激动什么？"

"你们说她，我就不能说你们了吗？现在叫着要当面给别人好看，我看就算你们知道是谁，也不敢去找别人吧，顶多在帖吧里骂骂。"

李怡萱的话瞬间堵得那两个女生哑口无言，一阵"嗒嗒"声后，似乎

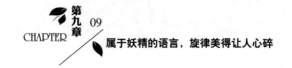

有人离开了。

站在隔间里的我愣了许久。

我没想到李怡萱会帮我说话，尽管我也不确定她是不是知道照片上的女生就是我。

直到听到"哗哗"的水流声，我才走了出去。

此时，洗手间只剩下李怡萱一个人，她正在洗手，听到开门声，下意识地抬起头，等从镜子里看到是我的时候，神色顿时一慌。而满心疑问的我也只是看着她，并没有说话。

"我，我可不是好心帮你说话！"最终，李怡萱先开口，关上水龙头后转向我，像只高傲的孔雀般抬起下巴，这符合她一贯的作风，只是眼里带着一丝窘迫。

"原来你真的知道照片上的女生是我。"

"啊！"

听到我的话，李怡萱像是泄露了什么秘密般，赶紧捂住嘴，模样可爱得跟我之前见过的她完全不同。

"你为什么要帮我？"

"我，我……"

"你不会又想背着我搞什么阴谋吧？李怡萱，我现在真的没时间跟你闹，我最近可是一个头两个大……"

"我没想对你怎么样，我只是……前一阵子发生的事，对不起，虽然我不否认我嫉妒你，猜忌你当上班长是因为白老师的关系，但是也没想伤害你。可是不知怎么回事，我总是做出一些不受控制的事来，这两天清醒一些了，才想起来……"

"那你还记得星期五放学后发生的事吗？"

"我只记得跟着你上了公交车，下车后的事就不记得了，再醒来，就发现自己在家里了。管家说，是我自己回去的……"

自己回去的？看来白泽的力量不小嘛，还能控制别人的行动。

"哦——"

"我，我当时有没有做什么……"

"没什么，你本来是想跟我决斗的，不过被我用'降龙十八掌'打晕了。"

听到我无厘头的回答，李怡萱满脸的担心瞬间转为呆滞。等回过神，她毫不客气地给了我一个大白眼，然后再次摆出不可一世的小公主模样。"下个星期六是我的生日，我会邀请全班同学参加生日聚会，你到时候记得穿得体面一点，要是实在没有衣服，我也可以借给你，先说好，是借，不是施舍！"李怡萱说完，飞快地出了洗手间。

呵呵，看来这个小公主也没那么坏嘛，而且还特意强调了不是"施舍"。

回想着李怡萱的话，我的嘴角渐渐扬起笑意。

"小语！我刚才上来的时候碰到白老师了！"

我坐在教学楼楼顶一处阴凉的地方，正放松身心享受午休时光，一个高分贝的声音突然惊得枝头上的鸟扑扇着翅膀叽叽喳喳地逃离。

"白老师依旧帅气的脸庞害得我都不好意思直视他了，真不知道办公室的女老师们怎么受得了！不过他一直盯着楼顶的方向，待在楼梯口一动也不动，不知道在发什么呆。"

一个上午，我和白泽都十分有默契地跟对方保持距离，甚至连一个眼神的交流都没有。我本来以为他不在乎，可是现在听到唐佳佳的话，我心里竟有一丝高兴，他也许是在意我的。

"小语，你今天怎么怪怪的？"自言自语了半天也没听到我任何回应，唐佳佳总算发觉有些不对劲。

"没什么。"

"什么没什么，要是平常，你一定不会放过贬低白老师的机会，今天什么也没说，一定有问题！"唐佳佳说完，还十分老成地摸摸下巴，一副探究的模样。

"是吗？原来我以前是那个样子的啊。"我撇了撇嘴角，自嘲般地说道。

说是贬低，其实就是想参与所有与他有关的话题吧，然后心里就会觉得：我更了解这个人呢。

"卫不语，你别吓我，你这是怎么了？你们吵架了吗？"

"没有，我怎么会跟他吵架呢。"

"难道是他让你伤心了？"

"为什么这么说？"

"还不是因为你喜欢他？你那点小心思，别以为你不说，我就看不出来。难道他做了什么对不起你的事吗？如果是这样，你告诉我，我二话不说立刻帮你去揍他！"

果然像小音姐姐说的，我这点小心思，大家都看得出来，我这失败的暗恋，也变成了大家"心知肚明"的单恋，可是那个人总是抱着暧昧不明的态度逗弄着我。

"唐佳佳，他现在可是老师，你揍他？"

"哼，那又怎么样，管他是谁，敢让我唐佳佳的好姐妹难过，我一定不会放过他！"

看着唐佳佳举着拳头的样子，我突然"扑哧"一下笑出声，笑着笑着，眼泪却流了出来。

"小语，小语你怎么了？你怎么突然哭了？别吓我啊，我可不会安慰人。"

"唐佳佳啊，我这大概是世上最惨的暗恋了！你知道白泽是谁吗？"

"老师？"

"不是。"

"相貌英俊的店长？"

"也不是。"

"那是谁？难道是什么大财团继承人，然后他家人给了你一大笔钱，叫你离他远点？"

听着唐佳佳搬出偶像剧的俗套剧情，我笑到肚子痛，好半天才停下来，双手重重地按在她肩上，脸上带着从未有过的严肃表情。

"听着，唐佳佳，原本我不想告诉你的，因为我怕把你也卷入那个乱七八糟的世界，让你无力应对，之所以现在告诉你，是想要你离那个人远一点。他，白泽，我卫不语爱慕过的'店长'，也是我的'代理班主任'，不是人，是——异类！不止是他，就连苏麒也是！还有，我之所以知道这些，是因为我能看见，我能看见异类！"

时间仿佛在这一刻停止了，风声止住了，树叶"沙沙"的声音止住了，枝头的鸟叫声也止住了。

唐佳佳一脸呆滞地盯着我，过了一会儿，嘴角微微上扬，似乎想说些什么，但是在看见我一成不变的严肃表情后，眼睛一瞪再瞪，直到快把眼珠子瞪出来了，才颤抖着开口："你，你没跟我开玩笑？"

"要不是希望你离那个人远点，我才不会告诉你这些。"看到唐佳佳相信了我说的话，我慢慢松开手，重新靠墙坐好。

"我是喜欢他，很喜欢，知道他是异类的事实后，我想收回自己的感情，可是，不知不觉间，竟更加喜欢他了，想放又放不开，只能一味逃避。我不敢靠近他，也不喜欢他的靠近，因为我怕自己胡思乱想，可是又不能控制地想守在他左右……"

说着说着，豆大的眼泪一颗颗滚落，落在水泥地上，晕染开小小一团，随后便蒸发干净，不留痕迹。

"小语……"看见我难过的样子，唐佳佳轻轻开口，伸手搭上我的肩。

"不到黄河心不死，说的大概就是我这种人吧！一定要清清楚楚地知道了，看见了我和他的差距才舍得放手。不管我再怎么喜欢他，我和他，始终不是一个世界的。唐佳佳，你说我怎么这么笨呢……我真是个大笨蛋，明明心里痛得不行，还是……还是好喜欢他……就算他说不会喜欢我……"

听着我断断续续的话，唐佳佳没有说什么，只是轻轻拍着我的背，任由我哭泣发泄。

滴在地上的泪，不过片刻就被蒸发干净，就像我对白泽的喜欢，最终也会变得干干净净，不露痕迹。

我的生命是一条小溪，尽管白泽只是一条小鱼，出现在我这条并不宽

阔的小溪里，我却记得清清楚楚；然而他的生命却是大海，就算我是只巨

大的蓝鲸，他也不会记得。

第十章
CHAPTER

/10

他要么死在里面，要么半死不活地出来

　　黄昏，橙色的夕阳将河边的景色描绘成一幅瑰丽的油画，潺潺的水流在阳光的照耀下闪着点点金光，衬得河岸边的草地格外翠绿。

　　回家经过石桥时，我再次见到了小河妖，他穿着一身灰色裋褐，光着脚站在河边，拿着根树枝不断搅动河水。

　　"你在干吗？"有了上次和苏麒一起跟小河妖聊天的经验，现在的我已经有了"一回生二回熟"的感觉。

　　"小语！"见到我，小河妖很开心，挥着手中的树枝，一蹦一跳地叫道。

　　见到小河妖可爱的样子，我的心顿时像化了的糖一样柔软，几步跑到他身边："怎么只有你一个啊？苏麒呢？他今天没来吗？"

　　"家主说他今天要去查点东西，可能要晚点才来。"

　　"哦，是这样啊……"

　　"小语。"

　　"嗯？"

　　"小语，你要嫁给家主吗？"

　　"咯咯！"

　　小河妖的话让我被自己的口水呛到了，随后又联想到苏麒曾说过要娶我的话，便问道："这是苏麒跟你说的吗？"

"我喜欢家主，也喜欢小语，所以希望你们在一起。"

哦！原来是小河妖自己的想法。我还以为苏麒把这件事说出去了呢，照他的思维方式，绝对有可能干出这种事。

抚平心中的惊吓，我看着趴在我身上的小河妖，笑着解释："两个人在一起，可不是别人觉得好，就可以的。"

"那要怎么才可以呢？"

"嗯……我也不是很清楚，不过至少要互相喜欢吧！"

"喜欢？就像我喜欢家主和小语一样的喜欢吗？"

"不是的，喜欢分很多种，像你对苏麒的喜欢是崇拜，对我则是朋友之间的喜欢。"

"那在一起的喜欢呢？"

听到小河妖的问题，我眼前不自觉浮现出某人的身影，想着想着，连回答的声音都温柔了几分。

"在一起的喜欢是舍不得，就算对方说不喜欢你，你也舍不得离开。所以说，有时候喜欢真的是一种卑微的心情。"

"那小语喜欢那个很强大的异类吗？"

"很强大的异类？"

"对啊！就是上次跟家主打斗的那位。他身上散发出来的气息太强大了，吓得我都不敢出来。他之前还送你回家，我都看见了。他离开的时候，小语还哭了呢，可眼睛还是看着他离开的方向，这难道不是'舍不得'吗？"小河妖仰着脸，大大的眼睛里充满了好奇，一张肉嘟嘟的脸在夕阳中显得红扑扑的。

看着金光流溢的河面，我沉默半晌才喃喃开口："喜欢。"

"那你们会在一起吗？"

"不会。"

"为什么？"

"因为他不喜欢我啊。"

我耸耸肩，努力让自己看起来不那么在乎，可是心里像被扯出了一个巨大的伤口，冷风呼呼地往里面灌。

"小语！你怎么一个人在河边啊，还不回家吗？"突然，邻居阿姨熟悉的声音从石桥上传来。

"我坐一会儿，马上就回去了！"听到邻居阿姨的声音，我心中一慌，随后又想到她看不到小河妖，才笑着回答。

"那我回去时跟你外婆说一声，记得早点回家啊。"

"好的，阿姨，谢谢你！"

邻居阿姨走后，我看了一眼小河妖，笑着吐了吐舌头，为我们之间的小秘密偷笑。又坐了一会儿，我才站起身拍拍裙子上的草屑准备回家，可是刚回头，就看见了不远处笔直的身影。

夕阳染红了石桥，河道两岸的青草在微风中摇曳着身子，草丛中夹杂的一两朵野花，为整片美景点缀出明亮的色彩。

但是这一切，都不及站在美景中的人。

白色，是他钟爱的颜色，与一头黑色的长发形成鲜明的对比，明艳的桃花眼里总有着我看不懂的情绪。

"又被你听到了吗？"没有在咖啡店和唐佳佳打电话时被他发现的慌张，我微笑着开口。

"嗯。"

"真是不巧，每次都被你听到这种小孩子般的胡言乱语。"

"只是小孩子的胡言乱语吗？"

"当然啦！像我这么活泼可爱的女生，竟然会有人不喜欢，我当然觉得不甘心啦！"

夕阳中，晚风吹动白泽的长发和衣角，他看向我的眼神像是一潭沼泽，让我呼吸困难，而我临时准备好的一大堆反驳的话也没再说出来。

一阵沉默后，白泽淡淡地开口："我要离开一段时间。"

"你不用跟我说，那是你的自由。"

"我以为你会担心我，至少问问我什么时候回来。"

"我不会问，更不会担心你。"

给白泽的回答，我完全是出于赌气，不止是跟他赌气，也是跟我自己赌气。明明都要离开了，他为什么还要出现在我面前？明明说好要离他远一点，为什么昨天面对他的告别，我要逃走？

"是吗？那就好，千万不要担心我。"

"对！你放心！我绝对不会担心你！"

说完这句话，我跟愣在一旁的小河妖说了句"再见"，然后头也不回地跑回了家。

看吧！他果然是个坏家伙，前面一脸失落的表情，后面又笑着说"千万不要担心我"，好像我的担心会让他很为难似的。

回到家后，我努力让自己忘掉白泽那张讨厌的脸，可是那些过往的画面就像电影镜头般回放，他的脸也更加清晰。

白泽坐过的沙发、白泽进过的厨房、白泽用餐时坐的位子，还有白泽停放过车子的前院……

"啊！我真是要疯了！"站在院子里，我揉着一头短发，烦躁地闭上眼睛。

"小语。"

就在我心烦意乱的时候，忽然听到有人叫我的名字，刚睁开眼，就看到了一身便装的苏麒。

"苏麒？你怎么来了。"

"我有事要跟你说。"

"哦，刚好我也有事跟你说。"想起今天中午跟唐佳佳坦白的事实，我内心一阵忐忑，生怕苏麒因为我随意透露他的真实身份而生气。

"你也有事？什么事？你等我一下，我先跟外婆说一声，我们走远点说。"

"好。"苏麒见我面色凝重，点点头毫不犹豫地答应了下来。

我返身进屋跟外婆交代了一下，才和苏麒沿着小道慢慢走远。

"你有什么事就说吧，不管多严重，都有我。"走了一段路，我还在想该怎么开口，苏麒就率先说道。

"其实也不是很严重，至少对我来说不严重，就是……我告诉了唐佳佳我能看见异类的事，然后也说了你其实不是人类……"

"是因为白泽吗？"

"啊？"苏麒的回答是我完全没想到的，比起惊讶，更多的是惊吓。

苏麒的脑子什么时候这么好使了？

"不然的话，你怎么会无缘无故提起这件事，是为了让唐佳佳离他远一点吗？"

"苏，苏麒？你是不是被附身了？"

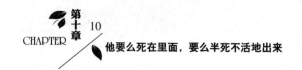

听到我的疑问，苏麒不解地歪了歪头，似乎在问我为什么这么说，当然，我也只是笑了笑，因为我不可能真的说"你以前没这么聪明啊"。

"我跟你说过，白泽身上的气息很杂，还有银色的雾气也是我没见过的，后来听你说了他的名字和'青龙兽血液'，我才想起一些事来。有着白泽血统的后人，跟青龙族后人打赌的事，曾在妖界掀起一场风波。听你说起时，我就怀疑他们是不是一个人，但是不确定，所以这两天一直在查。"

苏麒说话时的表情很严肃。

"后来我查到，他确实是'白泽一族'的……他的父亲是难得一见的天才，被当作家主来培养，而他的母亲，也是很厉害的角色，在妖界大名鼎鼎。两人在一起，本来是被人称赞和羡慕的，可这也是悲剧的开始……不纯正的血统，在妖界是被纯血统的妖排挤、鄙视、憎恨的，越是庞大的家族越是保守。"

"你的意思是，白泽的母亲……"

"他的母亲是一只狐妖，没有任何背景，所以家族是不允许两人在一起的。但是白泽的父亲为了跟他母亲在一起，毅然脱离了家族。不过白泽出生并且展现了比他父母更惊人的天赋后，他的父亲开始惋惜，惋惜白泽有这么强大的力量却不能让家族的人看到。"

"所以他希望白泽能认祖归宗是吗？"

这样的戏码，就跟唐佳佳看的偶像剧一样，明明是父母的责任，到头来却要孩子承担。

"嗯，白泽的力量很让家族的人惊叹，作为回去的条件，他必须拿回《山海经》，为家族带去荣耀。"

苏麒的叙述很平淡，但我感觉比听任何一个故事都更惊心动魄，想起自己前不久还对白泽冷言冷语，我心里就有说不出的难受。

我很早之前就想过，到底是什么样的经历，才会让白泽连豁出命都不在乎，去赌小小一杯"青龙兽血液"，原来他只是为了在寻找《山海经》时多增加一份力量，多一份信心。

天际被晚霞染红，空中已出现半轮浅浅的月亮，明亮耀眼，像是白天跟黑夜重叠般奇妙。

"其实我来之前碰到过他。"沉默半晌，苏麒说道。

"嗯，我回来时也见过他。"

"他叫我好好照顾你，说他要离开一段时间。你知道他要去哪里吗？"苏麒问话时看向我。

我嗫嚅着，没有回答。

"灵草，他要去找灵草，在穷凶极恶的地方，名为'混沌之地'，由四大凶兽驻守。"

苏麒的话让我心里"咯噔"一下，忍不住为白泽的安全担忧，但还是嘴硬地说道："他去哪里是他的自由，关我什么事。"

"你知道'灵草'是干吗用的吗？"

"应该是用来增强力量的吧，跟'青龙兽血液'差不多，反正这就是他一直以来的追求。"

"不对，它的能力是——消除。"

消除？

难道……

不可能！白泽怎么会为了我这么做！

196

我不愿承认白泽会为了我而冒险，也不想再让自己对他重新升起期盼，咬着唇，半天没开口。

"小语，其实你知道对不对？知道他是为了什么，可是你不敢承认。"

"承认什么！我什么都不知道！苏麒，你今天怎么了，怎么老是帮他说好话？"

苏麒的追问让我有些不耐烦，我烦躁地把头扭向一边，气氛陷入一片沉默。

被夕阳染成红色的小路向前方伸展，一直到石桥。

恍惚中，我似乎看见白泽站在河边，一动不动，像座雕塑般，脸苍白不已，跟我离开时一样。

"我只是佩服他的决心，就算他有拿到'灵草'的力量，也是在力量全盛的时期，而不该是现在。"

随着苏麒开口，我眼中的"白泽"变成一缕轻烟消散，我瞬间抓到了苏麒话里的重点。

"为什么不该是现在？"想起白泽脸上不寻常的苍白，我心中隐隐生出不好的想法。

"他在你身上布下了一个结印，为了保护你。"

"是因为我能看见异类吗？"

"不是，是因为——"苏麒说着停了下来，把视线放到我胸前。

要是以前，我一定会觉得苏麒"思想不纯洁"，可是现在，我几乎在他视线一投来时，就想起了藏在衣服下的琥珀石。

圆润、金黄的吊坠，像是情人的眼泪般美丽，此刻因为周围色彩的关

系，呈现出一种"血色"，在它里面，还游荡着银色的丝线般的雾气。

"这是什么？我记得白泽第一次看见它时就很激动。"我拿起琥珀石，看着苏麒，一字一句问道。

苏麒沉吟不语，似乎在考虑要不要告诉我实情。

"苏麒，不要骗我，你说过，你希望我们能当家人，而我也真的把你当作亲人来看待，所以，不要骗我，不管他是不是要求你保密，我都有权利知道事情的真相。"

果然，听了我的话，苏麒有些犹豫，几番挣扎后，轻声说道："《山海经》。"

一瞬间，我的心脏像是被人紧紧抓住，并且不断收缩，一个个问题连续不断地盘旋在脑海中。

为什么？为什么白泽明明知道这个吊坠就是《山海经》却不告诉我，或者干脆神不知鬼不觉地拿走？还有那句"我本来就欠你的"到底是什么意思？

此时的我心情特别复杂，明明是他自己说不喜欢我，现在却费尽心思帮我去找"灵草"。

"你还没告诉我，你刚才为什么说'不该是现在'？"双手紧紧握成拳头，没得到答案的我，再次问苏麒。

"为了给你布下结印，他消耗了很大力量，所以就凭现在的他，想拿到'灵草'，估计会很麻烦。"

很麻烦？

苏麒的用词再次让我心头一跳。

"不过他给你布下结印是为了稳定《山海经》的力量，防止再次发生

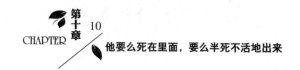

你上次救我时的状况。因为在人界，《山海经》偶尔会有能量波动，他怕其他异类盯上你。"

"你是说你昏迷的那次吗？"

"对，那次正是因为《山海经》的能量波动，我才恢复得那么快，不过也引来了一大批异类的注意。"

哦，我想起来，我当时确实不小心撞到苏麒身上，胸口还因为被"琥珀石"磕到疼了半天，我还记得当时苏麒说他"感到一股熟悉的气息"。后来更是直接引来了白泽，叫我注意安全，他也是在那个时候，发现了吊坠的秘密……怪不得他没有直接告诉我是《山海经》引发的能量波动，是怕我胡乱猜测吧。

"不过他力量再强大，也抵不过《山海经》的能量，一定会被反噬得很厉害，所以我才敢断定他想拿到'灵草'并不容易。"就在我细细回想当天发生的事时，苏麒说道。

"苏麒，你是在吓我，对吗？应该没那么难，对不对？况且照白泽的个性，要是胜算不高，他也不会去。"他曾经说过，要让自己做到不会的输的地步。

或许是我语气中的乞求太过明显，一直都沉着冷静的苏麒也不忍心看着我，而是望着残留在山头的一丝橘红色夕阳。

许久，许久，苏麒才叹了一口气，说："我的意思就是——他要么死在里面，要么半死不活地出来。"

夜晚的星空一如既往的美丽，钻石般闪烁的星星璀璨迷人。

我失魂落魄地坐在床上，望向窗外，耳边不自觉地回响起苏麒下午时

说的话。

"他要么死在里面，要么半死不活地出来。"

"不会的！他是白泽！他不会死的！"我捂住耳朵拼命地摇着头，试图摆脱掉脑海中可怕的念头。但是在我冷静下来后，那句话却像魔咒般再次袭来，让我无处可躲，最终只能把头埋在双膝间，小声地啜泣。

此时此刻，我真是恨死自己了。只要一想到自己下午对白泽的态度，我就想敲开脑袋看看里面装的是不是稻草。他当时表现得明明已经够明显了，脸色苍白得像纸，而我竟然没看出来！

"白泽，你快回来，你可是代理班主任，你这样是不负责任……

"白泽，我保证，我以后再也不随便跟你发脾气了，我会好好听你话，就算你取笑我也没关系。

"白泽，我可是喝了你最珍贵的'青龙兽血液'，那是你拿命赌回来的，难道你不要我赔偿了吗？你可不能便宜我……

"白泽，我还没告诉你，我喜欢你，好喜欢，好喜欢你……我希望你能住进我这条河流里，当一条小鱼；我也甘愿成为你大海中的蓝鲸，如果一只你可能会忘记，那我就努力成为两只、三只，甚至一大群……直到你记得我为止……"

自言自语中，我一边强撑着眼皮，一边望向敞开的窗户，希望下一刻白泽就会笑着出现，然后满脸笑容地问"你这是担心我吗"，到时候我一定会毫不犹豫地点头，然后告诉他，我有多担心他，有多喜欢他。

想着想着，念着念着，我也不知道自己是什么时候睡着的，只知道醒来的时候，是哭喊着"白泽"的名字睁开眼睛的。

人啊，为什么总是在失去了珍贵的东西后，才懂得珍惜。

"小语，你怎么了？脸色怎么这么差？"吃早餐时，外婆看着我，担忧地问。

"我没事啦，外婆，你不用这么担心我，我可是大孩子了。"

"是啊！我们的小语确实是大孩子了！我看你最近跟那个叫苏麒的男生走得很近……"

"外婆！苏麒只是我的好朋友，我不喜欢他！"没等外婆说完，我咽下口中的白米粥反驳道。

"是吗？那长头发那个帅哥呢？"外婆眯着眼，眼中闪过一抹阴谋得逞的光芒。

我立即反应过来外婆是在套我的话。到了外婆这个年纪，就算感情经历没有那么丰富，这点眼力还是有的，难道会看不出来我喜欢的不是苏麒而是白泽？

放下碗筷，我站起身，拿起书包，看着外婆，眼中是从未有过的认真神色："是的，我很喜欢他。"

我的回答似乎出乎外婆的意料，她大概没想到我会这么"严肃"。直到我走出家门，她才在我身后叫道："喜欢就要趁早下手啊！想当年我和你妈妈可比你积极多了！"

外婆的话让我险些崴到脚。

乘坐公交车，不一会儿我就到了学校。看着"四叶学院"几个金光闪闪的大字，我心里一阵紧张，抱着"或许白泽还没走"的念头，小心期待着什么，就连唐佳佳和我说话，也没听进去，好不容易才等到上课铃响。

"丁零零——丁零零——"

短暂的铃声似乎有一个世纪那么长。

我坐在座位上，伸长脖子盯着门口，心跳也忍不住加速，"咚咚"的响声震得脑子发涨。

"同学们早……"

说话的人笑容儒雅，浑身带着书香气息，同时，又有股慵懒高贵的感觉，说话时，嘴角噙着浅浅的笑意。

是他！他没走！

当熟悉的面容刚出现在门口，我脑海中立即条件反射般冒出这句话，但是紧接着，无数失落和懊恼便浮上心头。

或许在别人眼中，他确实是白泽，但是在我眼中，他一头黑色的长发却变成了红色。

呵呵！白泽，你果然走了，但是你临走也不忘叫个人来冒充你啊！

"卫不语同学，请你回答一下这道问题。""白泽"笑眯眯地对我说。

"对不起，我不会。"

"卫不语同学，这道题并不难啊，你怎么可能不会？"

"老师都有人冒充，我不会答题算什么？"

"呃……那个……你先坐下。"我毫不客气的回答让"白泽"脸色一僵，随即叫我坐下，又另外叫了个同学来回答。

"小语，你怎么啦？你说哪个老师是别人冒充的啊？"我刚坐下，小桃便凑过脑袋小声问道。

"没什么，我只是心情不好，不想答题而已。"

小桃听了后并没有怀疑，只对我竖起了大拇指。

而冷静下来的我，也觉得自己刚才的生气很莫名其妙。

看了眼讲台上十分尽心扮演"白泽"的毕方，我突然觉得有些对不起他，我不应该迁怒到他身上，这又不是他的错。

一节课的时间很快过去了，一下课我便跑到楼梯口等毕方——也就是现在的"白老师"——从教室出来。

"老师，对不起，刚才那么简单的题目我都回答不上来，我下次一定会好好复习的。"眼看着毕方顶着白泽的脸，跟同行的女老师有说有笑，我凑上去说道。

好你个毕方，亏我刚才还觉得对不起你，你倒好，一转眼就用别人的皮囊拈花惹草，要知道你现在可是白泽，而不是毕方！

我嘴上说着道歉的话，在女老师看不见的地方却双眼冒火地瞪着毕方，看得他一个激灵，然后怯怯地跟女老师拉开了距离。

"啊！小……哦，卫，卫同学，没关系，一次不会，不代表次次不会，老师很看好你哦！"尽管委屈地耷拉着眼角，毕方还是笑着回答。

他这副表情别说多奇怪了，我险些笑出声。

"嗯！谢谢老师！"我用力地点点头，感激地看了"白泽"一眼，顺便跟女老师打了个招呼，然后才离开。

老师看着我礼貌好学的样子，眼里满是止不住的欣慰。

在我离开时，身后传来轻微的说话声。

"小语的眼神好可怕啊，而且只是叫我老师，都不叫白老师……"

哼，白老师？看你那一头红发，我没叫你"红老师"都是好事了。不过话说回来，红头发的白泽，看起来未免太妖艳了吧！

午餐的时候，我没有去食堂，而是上了楼顶，因为早上的时候我就约了唐佳佳和苏麒，说好我们三个中午楼顶相聚。至于目的嘛，当然是为了介绍两人"正式认识"。

"喀喀，现在我重新介绍一下，这是唐佳佳，我的闺密。这是苏麒，乃上古神兽水麒麟，并且是'水麒麟一族'的下任家主……"

"家主？怪不得气质这么出众！家主，你好！家主，我叫唐佳佳。家主，你们家还收小弟吗？"

唐佳佳对异类的痴迷简直超乎我的想象，看着她拉着苏麒的手，笑得一脸谄媚的模样，我真后悔自己的决定。

"你还是叫我苏麒吧，我们家……不收人类。"

不是吧，苏麒，你还真的回答啊？

"唉！那太可惜了！"唐佳佳万分遗憾，一直抓着苏麒的手，还摸来摸去的。

喂！你这明明是在揩油嘛！

"没关系，你还可以好好做人。"

"嗯！我一定会好好做人的！"

后面的对话，已经开始往不可预知的方向发展，我一边喝着酸奶，一边吃着面包，看着唐佳佳和苏麒热烈讨论的模样，发自内心地觉得他们应该在一起。

"苏麒，其实我有个小小心愿，那就是希望看一下你变身后的样子，你能满足我吗？"唐佳佳面露娇羞地问。

"这个……这个不太方便，不过我可以在手臂上显露一部分给你看。"

苏麒说完伸出手臂，渐渐地，一些蓝色的鳞片在他的手臂上显露出来，并且散发着莹莹光芒。

亲眼看到在苏麒手臂上的变化，唐佳佳除了兴奋，完全没有一点恐惧。

而我则在听到苏麒那句"不方便"之后，在一旁捂着嘴偷笑。嗯，确实不方便，因为神兽不穿衣服。

今天是白泽离开的第五天，也就是星期六，在这段时间，毕方一直都尽心尽力地扮演着"白老师"。顶着白泽那张脸，他连说话时眼睛都闪着光。只是……只是我每多看见毕方一眼，心里就多一份害怕。

白泽，你不会死，对不对？

"小语！小语你好了没有？换了快点出来。"

"哦，好了好了。"

门外的催促声让我回过神。我深呼吸，伸手拍了拍脸，努力使自己看起来精神点，才转身走出换衣间。

正如我所说，今天是星期六，也是李怡萱的生日，我早上刚吃完早餐，准备看一会儿书，等下午再出门去参加晚上的生日聚会，就被风风火火赶来我家的唐佳佳拉走，说是要帮我好好打扮打扮。

"嗯嗯嗯！不错不错！你自己快看看！"见我出来，唐佳佳不住地点头，满脸兴奋地把我推到试衣镜前。

我一边感叹唐佳佳那像个小房间一样的衣柜，一边往镜子里看去。

设计简单的黑色连衣短裙没有任何闪亮的装饰，也没有蕾丝或者蝴蝶结，裙子下摆自然地呈散开的状态，像是盛放的黑色花朵，再搭配上一双

黑色高跟鞋，镜中人险些让我认不出来，尤其是唐佳佳还帮我化了个淡妆。

"怎么样，我眼光不错吧！"看到我满脸呆滞的样子，唐佳佳扬起下巴。

"岂止不错，简直太厉害了！"说着，我竖起了大拇指。

我说这句话，并不是敷衍，因为比起唐妈妈的万年"粉红控"，唐佳佳能有这样的眼光，实在是太厉害了！

"佳佳，你今天不是答应和我一起去吗，那你穿什么？"

听到我的话，原本还一脸得意的唐佳佳突然拉下了脸。

"怎么了？你今天去不了？"

"不是……"

"那怎么了？"

"那个……那个……我妈说帮我准备今晚的衣服……"说到后面，唐佳佳的声音越来越小，脸色越来越差，而我则在一阵沉默后，终于忍不住哈哈大笑。

"行了，卫不语！你要是再笑，信不信我叫我妈帮你也准备一套！"

"好好好，我不笑，我不笑……不过反正你待会儿也要换，不如先穿出来让我看看嘛。"

"我等出门再换好了……"

"我觉得你还是提前试穿一下比较好！"

"那……好吧，不过先说好了，你不准笑。"

见我点点头，保证用客观的眼光去看待，唐佳佳这才不情愿地走进了换衣间。

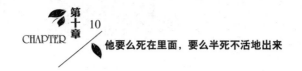

清凉的风从敞开的窗户吹进屋内，轻轻撩动粉色的纱帘和床罩，金灿灿的阳光照在实木地板上，像是铺上了一块方形地毯。

"你怎么还不回来呢？我今天打扮得这么漂亮，你要是看不到的话就可惜了哦。"

坐在试衣镜前的椅子上，我看着镜子里的自己，微微扬起嘴角，到头来却发自己像个木偶般僵硬。

"你说，我是不是也快被心魔控制了，如果是，我这又是什么魔呢……"

自从白泽离开后，我似乎越来越像个喜欢回忆的老婆婆，只要一有空就会想起他那双明艳的桃花眼……

"他一定会回来的。"突然，温柔的男声打断我的思绪，回过头，我看到了蹲在窗户上的苏麒。

苏麒今天穿着一套蓝色的西装，裤脚微微挽起，露出脚踝，脚上穿了双白色球鞋。这样的颜色搭配，让他看起来没那么难以接近，反而像明星般闪耀。

"谢谢，不过你这身打扮是要去哪里呀？"

"参加李怡萱的生日聚会。"

"李怡萱的……生日聚会？"

"对。"

"不是吧？李怡萱是在哪里有幸碰到你的呀？"

听到我吃惊的话语，苏麒白净的脸染上一层粉色，脚尖微微用力，轻盈地落到地上。

"她没邀请我，是我自己要去的，我答应了白泽要好好照顾你。"

身材颀长的男生站在金色的光芒中，就连黑色的发梢也染上了一层金粉般的颜色，因为害羞而侧过去的脸上淡淡的粉色仍未消散。我忽然想起在教学楼楼顶，第一次跟他见面的情形。

……

"原来你也知道自己的外号啊？"我笑了笑，走到苏麒面前，眼睛一眨也不眨盯着他说，直到他的脸越来越红，才移开了视线。

"我本来就是来找《山海经》的，学生的身份只不过是个幌子，所以……所以才……"

……

"好啦！我是逗你的，不过说真的，我第一次见你时，还以为你是小河妖的哥哥呢，我当时还在想，谁家的孩子打扮得那么特别，不知道他哥哥是不是跟他一样特别。"

"然后你就看到了我？"

"对啊，你都不知道我当时有多震惊。"

"有什么好震惊的？"

"你是苏麒啊！"我笑了笑，重新坐到椅子上，声情并茂地描述自己的内心感受，"在别人眼中那么冷酷的苏麒，回家竟然要带孩子，你说我震不震惊？"

苏麒皱着眉，似乎在认真思考我的话，半晌才一脸恍然大悟地点头表示赞同："原来你跟我说不会告诉别人是指这个。"

"不然你以为是什么。"

"我当时根本就没考虑过这个问题，我只是觉得你很奇怪，明明不是妖，却能看见妖，只不过你的力量很弱，倒也不用我费心思去防备。"

好吧……我很弱，弱到不用费心思去防备。可是，为什么白泽会想方设法把我留在他身边呢？这么大的破绽，我以前居然没发现。

"对了，你还记得你在楼顶给我饭吃那次吗？"

"记得，你说你的小身板受不住。"苏麒一脸正经地指了指我。

"其实我是因为喝了'青龙兽血液'，然后早上又看见一些……不好的东西，所以才恶心，没想到竟然被你定义为'吃不起饭的穷苦孩子'。"想起苏麒当时的表情，我有些好笑地摇摇头。

"可是我明明记得你当时吃得很开心，而且一粒饭都没剩下。"

呃……

这天没法聊了！唐佳佳，你还是快出来吧！有个家伙从你房间的窗户跳进屋里啦！看来翻窗这种事不止发生在我家啊！

"苏麒？你怎么来了？你什么时候来的呀？"仿佛是听到了我真挚的呼唤，我内心刚呐喊完，唐佳佳就适时打开了试衣间的门。

"他刚刚才来，从窗户。"我及时告状……不对，是解释！

"窗户？"

听到我的回答，唐佳佳眨眨眼，飞奔到窗户边，里里外外看了个遍才跑回来，居然一脸的兴奋。

"你还可以飞呀？"

唐佳佳的眼神太过炙热，连我都不敢直视。

苏麒再次脸红，把脸转向一边，几乎从鼻腔里发出一声"嗯"。

"可以飞啊，可以飞啊……"唐佳佳边走边碎碎念，"家主，你确定你们家不收小弟？清洁阿姨也行。"

"不是不收小弟……是不收人类……"

　　"那怪人……行吗？"说着，唐佳佳瞥了我一眼。

　　我愣在原地，好半天才发出惊天动地的咆哮："唐佳佳！你再看我一眼试试！"

第十一章
CHAPTER
11
你就是我的人工GPS

　　这一次，唐妈妈终于没有让唐佳佳受苦，一袭平肩连衣裙虽然是粉色的，却显得十分青春，甚至还带着一点小小的性感，我和苏麒都毫不掩饰地赞叹了一番。

　　"那你觉得小语这身打扮怎么样？"享受了称赞的唐佳佳，开始向苏麒炫耀出自她手下的"我"。

　　苏麒托着下巴，目光像雷达一样全方位对我进行扫描。

　　对于苏麒的表现，我只想说：这家伙太容易较真了。

　　"嗯，好看，小语皮肤白，穿黑色很衬肤色。"

　　"那当然！也不看看谁选的！"

　　"不过……裙子太短了。"

　　唐佳佳看了看我的裙子，长度在膝盖上一点，又看了看她自己的，在大腿一半的位置，咆哮道："这还叫短！那我这个算不算没穿啊！"

　　听见唐佳佳的话，苏麒较真的劲儿又来了，他打量了唐佳佳片刻后，皱着眉移开了视线，虽然嘴上什么也没说，但明显一副"确实像没穿"的表情，让人无法忽视，气得唐佳佳直接翻了个白眼。

　　我和唐佳佳还有苏麒结伴到达目的地，只是我们刚下车就吸引了无数目光，并引来了不断的议论。

　　"咦？那不是唐佳佳嘛，她今天穿的这件裙子好漂亮哦！"

　　"是呀！我听说她家还有一座葡萄酒庄园呢！听起来就跟电影里的一

样，不过……她旁边那个女生是谁啊？看起来有些眼熟……"

"那不是卫不语嘛！她这样一打扮我差点没认出来！"

"快看快看！跟卫不语讲话的男生好像是苏麒！"

一路顶着各种眼神，有惊喜，有羡慕，有不满，有嫉妒……我终于走到早已目瞪口呆的李怡萱面前。

"李怡萱，生日快乐。"我递上包好的礼盒，笑着说，顿时，周围响起一片吸气声。

"卫不语？这，这真的是你吗？我叫你打扮得好点，你也打扮得太好了吧！"接过我的礼物，李怡萱眼中的赞美毫不掩饰。

想起前不久我们还"水火不容"，我不由得感叹命运的奇妙。

"没那么夸张吧？"

"是没那么夸张，不过——"李怡萱话题一转，往苏麒看去，"你是怎么把苏麒请来的？"

"我们是朋友。哦，对了，唐佳佳还有礼物给你。"避开跟苏麒相识的问题，我立刻把唐佳佳推出来。

唐佳佳和李怡萱家世相似，两人算得上是一个圈子的。等到唐佳佳送完礼物，苏麒却一步上前，脸上依旧没什么表情，语气也很平淡地说："生日快乐，我没带礼物。"

"啊？哦！没，没关系。"

苏麒突如其来的祝福让李怡萱神色一慌，脸上也浮现出不自然的红晕，回答时更是有些结巴。周围的女生也因为听到苏麒开口说话而万分激动。

我和唐佳佳却对看了一眼，眼神中表达的意思一样：没带礼物就没带礼物，你能不能不要说得这么理所当然啊！

苏麒说完后，再次当起我和唐佳佳的"小尾巴"，主动站到我们身后。等众人从激动中回过神时，我和唐佳佳瞬间遭到无数怨恨眼神的凌迟。

"自己不敢上来搭讪就瞪我们，什么逻辑！"唐佳佳端着色彩鲜艳的鸡尾酒，笑得一脸灿烂，挑衅地回瞪过去。

"佳佳，你这样，不知道的人肯定会以为你是苏麒女朋友。"

"什么女朋友，女朋友会放着这么帅的男朋友不理，待在你身边吗？"瞥了一眼站在旁边，双手插在裤袋里发呆的苏麒，唐佳佳开口，"哎，都是骗子啊！"

"要说毒舌，白泽才是第一呢！"我毫不犹豫地接过话，等反应过来时，才发现自己说了什么。

"小语，你别多想，白老师一定会平安回来的。"白泽离开的事，我跟唐佳佳讲过，她当时还拿出一堆吊坠，叫我让苏麒看看有没有宝贝。

"我也希望是我多想了。不说这些不开心的了，你去玩吧，我去趟洗手间。"

避开热闹的人群，我抬脚往洗手间走去。但是短短几分钟的路，我却花了半个小时。等到终于从洗手间出来，直接躲到一个比较偏僻的地方时，我才开始后悔今天这身装扮。天啊！我是第一次觉得男生也可以这么啰唆！

黑丝绒般的夜空中群星闪烁，正如白泽离开的前一晚。月光皎洁温柔，柔和的光芒把夜晚烘托出一片平静与祥和。月光落在树上，穿过茂盛的枝叶，投下斑驳的黑影。

我一身黑色，仿佛融入了夜色里。

"你好，美丽的小姐，请问你是一个人吗？"突兀的问候声打破周围

的宁静。

"不是，我在等人。"我头也没回，语气不善地回答。

"哦？这里可不像有人的样子啊？我能问你在等谁吗？"

这个烦人的家伙，没听出我心情不好吗？不过这是李怡萱的生日聚会，我总不能太过分。

"我当然是在等我喜欢的人。"

"那他喜欢你吗？"

"他喜不喜欢我，关你什么事啊？就算他不喜欢我，我也喜欢他！"

来人的问题让我忍无可忍，我愤怒地转过身，然而所有的怒气都在看见对方那一刻化为乌有。

站在熠熠星光下的人，像座迷人的雕塑，无论从哪个角度看去，都好似经过最精准的计算，找不出任何缺点。当满天的星光落到那双眼尾微微上扬的眼睛上时，那双眼睛立即变成浩瀚的星空，明艳动人。还有那噙着浅浅笑意的唇角，让人没来由地心跳加速。

我张了张嘴，半天不敢相信，也不敢说话，生怕这是个梦，而我一旦开口，这个梦就会醒。

"还说你不担心我。"就在我内心挣扎不已的时候，面前的人抢先开口，向前一步，朝着我走来。

随着他的移动，我更加清楚地看见了他的全部装扮。

白色的西装，黑色的长发用一根红色丝带低低绑在脑后。

是他，是他，真的是他……

"白，白泽。"我小心翼翼地开口。

看到我一副难以置信的样子，白泽轻轻叹了口气，应道："嗯，是我，不是梦，我回来了。"

回来了！他说他回来了！

这一刻，我再也忍不住内心的恐慌，所有的担忧和害怕像洪水一样涌出来，眼泪也汹涌决堤。

"白泽！我以为你会死！我以为你再也回不来了！我好怕！我真的好怕！"

"傻瓜，不怕，我回来了。"

"苏麒说，苏麒说你为了给我布下结印，消耗了自身的力量，有可能回不来，有可能半死不活，我，我……"话没说完，我又开始大哭起来，抽抽噎噎好一阵，才勉强继续说道，"我以后不跟你顶嘴了，也不偷偷骂你了，什么'灵草'也不要了，还有这个，这个……"说着，我连忙掏出琥珀石吊坠，"这个也不要了，你拿去，你拿去！你要什么我都给你，我只求求你，求求你不要死！"

是的，不要死，白泽，你不要死。如果你死了，我要去喜欢谁？而且我喜欢你的事，大家都知道了，但是我还没亲口告诉你。

听着我重复说了许多话，白泽始终只是轻轻抱着我，一下又一下摸着我的头，虽然他的力道不大，但我能感觉他的手在颤抖。

"我也怕。"突然，白泽停下手中的动作说道。

我闻言抬起头望着他，而他似乎也有所察觉，低头望向我再次说道："我也怕，我怕自己会死，怕我再也见不到你，我还有好多事情没告诉你。"

"你要告诉我什么？"

"小语……"白泽的声音有些发抖，"你的父母……是我害死的。"

"你，你在说什么？"

"我说，你的父母是因我而死。那时，我跟另一只异类在打斗，不小

心让一块巨石滚下山坡……我看见你母亲把你紧紧抱在怀中……"

白泽的话让我脑子里"轰"的一声响，却不是因为他说的内容，而是我突然想通了一些事情。

这家伙！竟然是因为我父母的事才一直回避我的感情！而且重点是，我父母的死跟他完全没关系！

"所以你避开我，都是因为这件事对吗？"

"嗯。"白泽点点头，似乎费了很大的力气，"我说过，我讨厌人类，因为他们自私、贪婪，但是当我看见你母亲奋不顾身保护你时，心里很感动，这种感觉就像在沙漠里看见一抹绿色……只是我当时自身难保，没有办法去救你们，直到我追随《山海经》的气味来到这个地方，然后看到了你……"

白泽说着伸手抚上我的眼角，修长的手指有着滚烫的温度，他眼中复杂的情绪跟我之前看到的一样。

"你这双眼睛，我永远也忘不了。"

"穿着白色长袍的人，是你，对吗？"

"是我……我原本只是抱着赎罪的心情想帮助你，可是没想到后来慢慢喜欢上了你……这种感觉很不好受，我一边因为害死你父母的事自责，一边又忍不住想接近你，甚至在你伤心时情不自禁吻了你，事后还对你说了那么过分的话……小语，对不起，我一直以来都不敢告诉你，我也没想过你会原谅我，我……"

"你怎么可以这样！"我甩开白泽的手，突然后退大叫道，泪水更是"哗哗"地往下流，声音几乎哽咽。

坏蛋！吻了我又说出不会喜欢我的话，原来是因为这个缘故！害得我当时那么难过！我要是不报复的话，我就不姓卫！

"小语！"看到我的反应，白泽很紧张，但又不敢太靠近。

我从没见过这么无助的白泽，就连说用自己的性命做赌注时，他也是一副云淡风轻的样子，不过我不会心软的，谁让他当初那么对我。这就叫"风水轮流转"，看我今天怎么整他！

"我那么喜欢你！白泽！你听到了吗？我喜欢你！你怎么可以这样对我！用'青龙兽血液'要挟我，后来还监视我，明明知道我喜欢你，却还用那种暧昧的态度对我。既然这样，为什么你现在又要告诉我！"

"小语，你别激动！我只是这次去找'灵草'时想通了很多事，还有……家族传话来，说就算我没找到《山海经》，也可以回去了，所以……这是我们见的最后一面……"

什么！要回去？最后一面？

听到这里，我再也演不下去了，瞬间停止流泪，恶狠狠地抓住白泽的衣服。

"你要回去？你来就是跟我说你要回去！白泽！你这个坏蛋！那你还回来干什么！让我以为你死了不是更好！"

见我一秒变脸，白泽难以置信地盯着我，嘴唇颤抖地说："你，你刚才不是……"

"我刚才是骗你的！笨蛋！我父母的去世跟你并没关系，谁叫你以前老是欺负我，我能不趁机报仇吗！"

"原来……原来你刚才是骗我的？"

"当然是骗你的！要是你真的是凶手，我早就扑上去打你了，还哭什么！"

"你……你……"白泽盯着我，眼里满是受伤的情绪，"你"了半天也没接下去，然后还吐了口血。

这下，我终于慌了。

"喂！白泽，你没事吧？我就是骗骗你，你不至于吐血吧！"我一个箭步冲上去，扶住白泽紧张地说道。

"不至于？你知道我因为这件事担惊受怕了多久吗？我担心你知道事情的真相后会讨厌我，我害怕你会不喜欢我……卫不语，你知道我有多喜欢你吗？"白泽笑着说道，语气中却满是嘲讽，嘴角鲜红的血让我的脑海一片空白，不止是因为我害得他受伤，更是因为他说"卫不语，你知道我有多喜欢你吗"。

"白，白泽，我不是故意的，我，我……"白泽讽刺的表情让我的泪水再次夺眶而出，"我，我真的不是故意的，白泽！你别死！你别死啊！我也喜欢你！好喜欢好喜欢你！"

"是吗？有多喜欢？"

"有天那么喜欢，有海那么喜欢！"

"天和海都那么大，你真的有那么喜欢我吗？"

"有！你不知道，我一直担心你比我活得久，怕我死了之后，你会不记得我！"

"傻瓜……"不知不觉，白泽的声音软了下来，眼中的哀伤也换成了温柔，"我可是好好收着那张字条呢，你说你要当我的新娘。"

"我……我那是上课写着玩的……"

"上课写着玩的？那好，你还是放开我，让我自生自灭吧！"

"别！"眼看白泽就要转身离开，我连忙改口，"虽然当时我是写着玩的，可是我心里，也不排斥……"

"那你亲我一下，我就相信你。"

"我……"

"连亲都不想亲我，你还想骗我吗？"

银色的星光落在白泽的脸上，因为刚才吐了血，此刻他的脸看起来一片苍白，让我不由得想起他在河边跟我道别时的情形。

卫不语，你不是说好如果他活着回来，就不跟他吵了吗？他现在已经活着回来了，还说喜欢你，你有什么好犹豫的？

我深呼吸一下，努力平复心跳，坚定地看着白泽的眼睛，朝他慢慢靠近。

"沙沙——沙沙——"风吹树叶的声音像是在弹奏着浪漫的曲子，月光倾洒下来的柔光仿佛给我们镀上一层银边。

"你玩儿够了吧？"就在我即将吻到白泽的时候，黑暗中突然响起一个声音。

"苏，苏麒，你怎么在这儿？"

"他惹你哭了？"苏麒看了我一眼，五官突然皱在一起。

"没有……我只是……"

"白泽，你现在已经没有任何力量了，小语是我的家人，要是你再敢欺负她，我一定会揍你。"

苏麒的表情很严肃，但是白泽听了之后，却是一脸轻松地耸耸肩，表示无所谓。

听了苏麒的话，我顿时张大了嘴，僵硬地转动脖子，看向白泽。

"你，你没有力量了？"

"嗯。"

"为什么？"

"因为我不想当异类了，当异类的话，就不能跟你一起慢慢变老了。"

"那《山海经》……"

"这块吊坠是你父母留给你的东西，我怎么可能拿走。"

与我的震惊相比，白泽笑眯眯的样子看起来十分轻松……轻松！他不是受伤了吗？

"你的伤……"

"他根本没受伤，说是去'混沌之地'，不过是回家族，用自己的力量作为交换筹码，让家族的人去拿'灵草'。"不等白泽回答，苏麒抢先说道，"这个狡猾的家伙，把我都骗过去了，我还帮他一起骗了你，哪有一点儿神兽的样子。"对于自己被骗，并且后来还间接骗了我的事，苏麒显然很在意，既生气又委屈地控诉道。

听到苏麒的解释，我疑惑地眨眨眼。

苏麒是怎么知道的？他下午的时候不是还在安慰我吗？难道也是陪着白泽演戏？

"我也是刚刚才知道，是那个狡猾的家伙叫迷谷来告诉我，所以我才急着赶来跟你解释。"这一次，苏麒难得开窍，似乎读懂了我的表情连忙补充，然后还瞟了白泽一眼，"哼！狡猾的家伙……"

"迷谷！真的是迷谷吗？它好了吗？"苏麒的话还没说完就被我打断了，我抓着白泽的手激动地问道。

想起因为救我而被打回原形的迷谷小妖，我心里还是忍不住感到一阵内疚。

"嗯，恢复到原状了，我带它回家族的时候，稍稍给它治疗了一下，不过它现在不在这里，估计跑去玩了。"白泽揉了揉我的头顶，看着我说道，眼神温柔得仿佛要滴出水来。

"我这不是狡猾。为了布下结印，我可费了不少力气，哪还有力气去

'混沌之地'……而且，再怎么说我也有'白泽'的血统，用全部的力量和不回家族作为交换条件，他们是不会拒绝我的，他们本来就不希望我回去，我还能交出力量，简直两全其美……"

从头到尾，白泽都是一副轻松的语气，我却听得想哭。

他不是异类了，而且他早就策划了一切，所以那天咖啡店的聚会上，他不是在跟我道别，而是在跟其他异类道别。

"笨蛋，你不是一直都想回到家族去吗？为什么要这么做？"

"因为你比他们更欢迎我回来。"

"可是你父母希望你……"

"你都舍得把你父母留给你的吊坠给我，我又怎么会舍不得为了你离开家族呢？而且，再怎么说我也是个男人，可不能让你为了我作出牺牲。"白泽说完，伸手轻轻抚摸我的头发。

他的掌心还是一如既往的温暖，像是一轮太阳悬挂在我头上，驱走一切恐惧，让我不再害怕。

"对了，你的血……"目光瞟到他嘴角的"红色液体"，我慌忙说道。

"这个啊……"白泽用手指擦了擦嘴角，"酱汁包而已。"

"酱汁包？那你刚才为什么一副很难受的表情？"

"我看你演得挺开心的，不是配合你嘛。"

什么，原来他早知道我在演戏！

"还有，我父母的事跟你没关系……"

"苏麒跟我说过了，我知道。"

嗯？他连这个也知道了？还是苏麒说的？

我回过头看着苏麒。

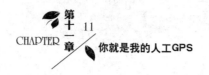
他的脸逐渐变红，最后差点涨成紫色，然后咬牙切齿地说："他当时一副生无可恋的样子，跟我主动提起害死你父母的事，我怕他想不开，才跟他讲的。"

唉，又多了一个被白泽的演技欺骗的家伙，怪不得今天苏麒脸色不怎么好。

"好了，好了，不是还要参加生日聚会吗，我今天可是特意打扮了才过来的呢。"挥挥手，白泽一副"散了吧"的模样。

我这才注意到一件事——如果他是刚刚回来的，怎么会穿着西装？

离开的时候，苏麒走在最前面，而我跟在白泽身后。眼看就要走到人多的地方，我想了想还是没忍住开口说道："我有事想要问你。"

"怎么了？"听到我的声音，他身子一转面向我。

"既然你早就计划好了一切，为什么不告诉我？"

"告诉你什么？"

"告诉我……"告诉你喜欢我，告诉我你不会离开我，告诉我我不是一个人。

我本来有好多好多话要说，可一看到白泽戏谑的眼神便打住了。

"你知道我是什么意思！"我推开白泽不断向我逼近的脸，飞快地说完，脸顿时一阵滚烫。

这家伙，就知道打趣我！

月光中，一身白衣的白泽浑身散发着淡淡的光晕，在我说完后，他沉默了许久才缓缓说道："因为我怕，我怕这个计划会失败，我怕我会回不来，我怕我会失信于你……卫不语，你知道我有多怕你伤心吗？我宁愿你讨厌我。"

"可是你后来不是告诉苏麒了吗？"

　　"是啊……"白泽说着，顿了顿，然后把我拉入他温暖的怀里，紧紧抱住，"我也怕你真的讨厌我……所以我想，就自私一次吧，哪怕我真的回不来，好歹能在你心里占据一个特别的位置，让你永远都记得，有一个家伙为了你，连命都不要了。"

　　白泽的话，让我心里像同时敲响了上百面小鼓一般，"咚咚咚"，停不下来。我只能呆呆地望着他，然后被引诱般踮起脚，在他好看的唇上落下一个轻轻的吻。

　　"砰砰——砰砰——"

　　与此同时，天空中绽开无数烟花，止不住的欢呼声和祝贺声从不远处传来，但是我的眼里、耳里，再也容不下其他事物。

　　我的眼，只能看到白泽那双璀璨胜过星星的眼眸；我的耳，只能听到他说——

　　"能活着回来见你，我很开心。"

　　白泽的出现是个巨大的惊喜，尤其是他平易近人，不像苏麒那样难以接触，几乎所有女生都黏了过去。

　　"你就别抱怨了，你该感谢他没有满身是血的跑来找你。"听着我讲述刚才发生的事，唐佳佳拍着我的背安慰道。

　　听完唐佳佳的话，我试着想象白泽受伤的样子，只觉得全身的血液霎时凝固，连忙点头。

　　"我真想不到，原来白老师这么浪漫，这么痴情，简直是新一代的男神！不过苏麒从刚刚回来后就一直盯着白老师，那张脸都快结出冰霜了，他会不会……"唐佳佳说到一半突然打住，抬了抬下巴，示意我看一看。

　　我顺着唐佳佳的目光看过去，只见苏麒双臂环抱站在果汁机旁，一双

眼睛死死地盯着白泽，而他周围三米的地方完全没有人敢靠近。

呃，我说苏麒，看看你周围拿着空杯的同学，他们都快渴死了，你就不能换个地方站吗？

"你不用担心啦！苏麒不会报复的，虽然说白泽现在没有力量了，可是苏麒也不是那么小气的人。"我挥挥手，放心地说。

"哎！你这个笨丫头，我是在说'报复'的事吗？我只是担心，白老师现在就是个普通老百姓，而有着力量的苏麒，那就是皇室贵族啊，手握千军万马！他会不会是看见你跟白老师相亲相爱后，才猛然发现自己对你情根深种，然后想着神不知鬼不觉地……"

盯着唐佳佳伸手朝脖子一抹的动作，再配上她杀气十足的脸，我脑海中立刻浮现出一幅画面。画面中，呆萌的苏麒摇身一变，变回身形庞大的水麒麟模样，前爪踩着面色苍白的白泽，瞪着铜铃大的眼睛，咧着嘴一边朝脚下的人扑去，一边说："事到如今，我看你还怎么跟我斗！"

"不行！不行！"我挥舞双手飞快地赶走幻想的画面，满脸惊恐地喊道。

天啊！太可怕了！我怎么会有这么可怕的想法！苏麒才不会这样呢！

"唐佳佳，你别给我灌输这些乱七八糟的东西！"

"我这叫'未雨绸缪'。不过要是真有那么一天，你可一定要告诉我啊！到时候我一定会坚定不移地站在苏家主那边，说不定我这么一表忠心，他就收我当小弟啦！"

"算你还有点良心……什么！你刚刚说你站在谁那边？"

我咬牙切齿地问还没从自己美好幻想中回过神的唐佳佳，脸上的杀气不比她刚才的少。

"啊！没什么，没什么，我突然肚子痛，我去上个洗手间！"

"哎！唐佳佳，你给我回来……"

"小语，你怎么了？"唐佳佳飞快地逃走，我刚打算追上去，苏麒突然出现在我面前，关心地问道。

"没、没什么，是佳佳……"

"佳佳出事了吗？"

"我是说，佳佳肚子痛去洗手间了。"

"哦，这样啊。"

"嗯。"我轻声应道，苏麒脸上毫不掩饰的关心让我内疚地低下了头。

我刚刚怎么会那么想呢？虽然水麒麟的原形很恐怖，但看看苏麒这张白净的脸，他哪里像是会做"神不知鬼不觉"的事的人嘛。

"小语。"沉默半晌，苏麒再次开口，表情严肃。

"怎么了？"

"小语！要是以后白泽对你不好，你一定要告诉我，我绝对不会让他欺负你的！"苏麒说完，双手握拳，冰山一样的气势朝四周扩散，"他现在只是一个普通人，我有无数种办法……"

天啊！苏麒本性真的很残暴吗？

看到我目瞪口呆的样子，苏麒一改刚才的表情，笑道："你在想什么呢？表情那么难看。我是说，我有无数种办法让他再也找不到你，一个人默默后悔。"

五彩的霓虹灯照在苏麒短短的鬓角上，让他的五官显得更柔和，也衬得他眼中的坚定更加夺目。

"苏麒，谢谢你，谢谢你对我这么好，你真是最好的男闺密，要是我早点认识你，说不定我会喜欢上你呢！"我笑着对苏麒眨了眨眼睛，而苏

麒的脸颊慢慢泛起粉色。

"要不这样吧，我把这颗琥珀石送给你！"

我抬起手，刚准备取下脖子上的吊坠，就被苏麒制止了："他都不要，我又怎么会要？这可是你父母留给你的。再说了，家人可不是会拿走你东西的家伙。"苏麒说完，微微侧过脸，似乎有些不好意思，脸上的红晕更加明显。

对，家人是付出，而不是索取。

我扬起嘴角笑了，伸手轻轻抱了抱苏麒，他因为我突然的动作愣了愣。

"也许你改变不了那些古老的规矩，也许你在父母眼中永远都是'家主'，而不是'儿子'，也许你回去之后，还是会感到孤单，没有跟你平等相待的朋友，但是没关系，你要记得，你还有我，还有佳佳，还有外婆。"

这大概是我对苏麒说过的最感性的话。

苏麒没有回答我的话，但是反抱住我的手越箍越紧，我当时就在想，幸亏没人看见，不然又要掀起一场风波了。

聚会结束后，除了我和唐佳佳还有苏麒，大家都依依不舍地望着白泽，而白泽从头到尾都是笑意盈盈的，完全不见疲惫。

"上车，我送你回家。"等到人们差不多都散了，白泽开着他那辆拉风的银色跑车，一个漂移停在我面前，吓得我差点尖叫出声。

我回头看了看唐佳佳和苏麒，正准备开口，唐佳佳就说道："好好好，那就麻烦白老师了，我爸爸待会儿派人来接我，到时候我和苏麒一起走就好了。"

唐佳佳一边说，一边把我往车上推，还附在我耳边小声说道："卫不

语，难道你真想出现一两个情敌啊？"

我耳朵听着唐佳佳的话，眼睛看向白泽。

坐在驾驶座上的白泽，单手搁在完全敞开的车窗上，托着下巴，眼睛弯弯的，像月牙儿，悠闲地望向我和唐佳佳。他这副慵懒的姿态，顿时让我耳根阵阵发热。我咽了咽口水，不自觉地摇摇头，却敌不过唐佳佳的力气，被推上了车。

暖黄的车灯照亮前进的道路，除了车轮碾压地面所发出的声音，车里一片安静。

坐在副驾驶座上的我忐忑不安，毕竟这是我们互相表明心意后的第一次相处，说不紧张是假的。

"咔嚓"，突然，轻微的声响打破沉闷，轻快的音乐缓缓传出。

"靠近你，怎么突然两个人都词穷；让心跳，像是野火燎原般汹涌；这一刻，让命运也沉默，让脚尖划过天和天，地和地，缘分的宇宙。一二三牵着手，四五六抬起头，七八九我们私奔到月球……"

"我说过吧……"

因为白泽放的歌，我的脑袋一片乱哄哄的时候，突然听到他说。

"什么？"

"我喜欢你。"

"啊，嗯，嗯……"我垂下头，声音像蚊子叫一样小，脸也瞬间发烫。

"你也说过，你喜欢我。"

"是……"

"既然是这样——"白泽说着，停下了车子，盯着我，眼中满是威胁，身子也慢慢逼近，"你竟然还敢去抱别人的男生，你以为我很大度

228

吗？"

"那只是朋友之间的拥抱啦！"

"你包里写着电话号码的字条又是怎么回事？"

糟了！刚才那些男生塞给我的写着电话号码的字条，我忘记丢了！呜呜呜，我以后再也不要什么"大改造"了！

"我只是觉得大家都是同学，先收下来，免得以后见面尴尬，等离开的时候再丢嘛。"

"是吗？"

白泽说话时故意压低了声音，呼出的气体轻轻喷在我脸上，让我原本就燥热的脸颊温度直线上升。

"你，你是在吃醋吗？"

"你说呢？"白泽的声音无比温柔，只是向上挑起的眉毛显示他心情不好。

"我跟苏麒真的只是朋友，写电话号码的字条，我刚准备丢掉，你就叫我上车了！"

"真的？你没骗我？"

"真的！我绝对没骗你！"

"那好，你亲我一下，我就相信。"

白泽脸上的表情瞬间转变，让我目瞪口呆。

喂！这才是你最终的目的吧！就跟上次去我家吃饭一样，绕了一大圈！

真是的，这么浪漫的事竟然惹得我想笑，唐佳佳到底是哪只眼睛看出来这个人浪漫了。

我垂下眼帘，先前的尴尬和紧张消失得无影无踪，拼命忍住想笑的冲

动。突然，温热的感觉覆上我的嘴唇。

"怦怦，怦怦"，这不是烟花的声音，是心跳声。近在咫尺的面孔，在车灯晕开的光影中格外迷人，尤其是那双眼睛，望着我的时候好似装了一个春天，开满各种各样的花朵，漫山遍野的颜色，让我不知不觉醉倒。

我听唐佳佳说，男女接吻的时候，应该闭上眼睛，这样才有美感，可是为什么我现在会觉得白泽睁开眼睛时更美……

当这个漫长的吻结束后，白泽再次发动车子前行，心情好得竟然哼起了歌。而我则低着头，目光四处游移，不知道该往哪里放。

"咦？你车里的导航仪呢？"无意中，我注意到白泽车中的GPS导航仪不见了。

车子缓缓前进，轻快的音乐充满整个车厢，白泽笑着回答："你不就是我的人工GPS吗？就算过了石桥，我也需要你……"

"小语！听说李怡萱生日的时候，苏麒和白老师都去了！"语文课上，小桃压低声音，满眼放光地向我求证。

"嗯，都去了。"

"啊！真是太可惜了！我那天发烧了没去成！"

"发烧？大热天的也会发烧？"

"怎么不会，难道你生病还要挑季节？上次我看漫画时，里面的女主角因为跟男主角接吻，所以发烧了。"

"哦，是吗……"我看了一眼正在黑板上写字的白泽，想起前天晚上的吻，突然觉得脑袋有些晕乎乎的。

"对了，我拜托朋友拿到一张S的签名专辑，你要不要？"

"要要要！"一听到S的签名CD，小桃差点跳起来。

看到小桃花痴的模样，真不知道要是我告诉她，我还有很多S的签名专辑，多到被拿来垫桌脚，她会不会跳起来掐死我？

"那我明天拿来给你，今天忘记了。"

"嗯！小语！你真是太好了！我太爱你了！"

"别！你千万别爱我！我有喜欢的人了！"

"嘿嘿，我知道，你爱白老师嘛。"

"什么白老师，你别瞎说……"

小桃的话让我心惊肉跳，眼见她还要跟我争论下去，白泽适时开口："下面大家跟我念一遍课文……"

放下粉笔，白泽转身，一边往台下走来，一边念着课本上的内容。

呼，这家伙，肯定是听到我和小桃说话了，所以才故意拖到这个时候！看我放学后怎么揍他！

"嗒嗒"的脚步声在过道间悠然响起，我低头看着课本，可是头越来越晕，最后甚至连书本上的字都看不清了，接着，我只觉得眼前一片漆黑，然后便"砰"的一声向桌面倒去。

"小语！"意识模糊前，我听到了小桃的叫声，然后看到白泽满脸焦急地抱起我。

呃……我不会是发烧了吧？因为接吻？

醒来的时候，我闻到的全是消毒水的味道，看到穿着白大褂的校医正跟白泽说话。

白泽等校医走了后，既无奈又担心地看着我说："笨蛋，连自己发烧了都不知道吗？"

我摇摇头，满脑子都是"女主角因为跟男主角接吻，所以发烧了"这句话，根本不敢直视白泽。

"哎，算了。"白泽笑了笑，伸出手，不知道用什么在手上划出一道细小的伤口，鲜红的血立即冒了出来。

"你干什么！"我惊呼道。

"当然是给你治病，难不成你以为我因为你发烧而自残吗？"

我满脸尴尬，同时也想起苏麒说过的话：白泽的血液有治愈的作用。

"可是，你不是没有力量了吗？难道血液还有用？"

"谁说我没有力量了？"

白泽的话让我一头雾水："你不是交换了'灵草'？"

"我在结印中隐藏了部分力量。"

"什么！"比起白泽一脸轻松的模样，我吓得呼吸一滞，紧紧拉着白泽的衣服，整只手都在发抖。

我怕，怕"白泽一族"知道之后找上门来，怕他像爸爸妈妈那样离开我。

像是看透了我心里的想法，白泽轻叹一口气，坐在床边抚摸着我的头说："你以为我还是那个连命都可以拿去当赌注的白泽吗？我现在可是多了你这个负担。再说了，这点力量并不算什么，你也不必担心他们会因此而来找我，现在的我没有千年的寿命，会老，也会死，你比我年轻这么多，我还担心你以后嫌弃我呢。"

白泽的话让我的担心瞬间变成了窘迫。

"我，我才不会嫌弃你呢！"我扭过头不去看白泽，不自然地说道。

"那你就亲我一下。"

"不要啦，我还在发烧。"

"那你先喝下这些血再亲我。"

"这里是医务室，会被人看到的！"

"我都不怕你怕什么，难道你还想找年轻的男朋友吗？"

"哎呀！不是的……"

白泽有些小孩子气的表情让我哭笑不得，怪不得网上说"再成熟的男人，也会在恋爱时变得幼稚"，我现在总算是亲身体会到了。

魅丽优品

新会员 招募令

致亲爱的你：>>

魅丽优品网络平台会员大征集！

每月，史无前例的丰富新人大礼免费送上；

每周，粉丝活跃大奖不定期发送；

每天，海量新书、精彩试读、有奖互动！

总有一款
给你
带来惊喜！

现在，请扫一扫以下二维码，你就能立即加入Merry大家庭，和我们一起畅享快乐文字和精彩活动。

★扫一扫，发送#新会员#，即可100%中奖。

魅丽优品贴吧二维码

魅丽优品微博二维码

魅丽优品微信二维码

瞳文社贴吧二维码

瞳文社微博二维码

瞳文社微信二维码

住在心里的积雨云

The Rainy Clouds

live in my heart

法破乾坤

永恒Y 著

● 最奇幻残酷的仙侠世界！

神秘的神魔天都、残酷的炼心魔狱、恶魔横行的邪恶深渊、血腥的赤魔血域、强大的通天魔域以及那诡谲莫测的北冥幻域，妖域、腐尸之域。广博的天武大陆处处蕴含着危险，步步隐藏着杀机，而唯一安全的人域则在这八大魔域的包围之下岌岌可危。

● 最玄妙神奇的神功法宝！

蕴含着九大至强力量的至尊神器，拥有着炼魔吞神之能的逆天功法，还有那集齐七种蛟龙之魂才能凝炼的强大龙卫，无数的功法，无数的法宝，创造出了一个瑰丽玄妙的异想世界。

● 最缠绵悱恻的爱情！

为了追寻挚爱的足迹，天界狐女毅然撕破虚空，踏入时间逆流。
"我历尽万苦，穿越了五千年的岁月，为的就是能够再见你一面！"

神奇的玄幻世界　　精彩的逆天传说

玄幻扛鼎之作　东方玄幻新纪元

《法破乾坤》I—V全集

热销中

1500万人正在争相阅读

再见，小时候

GOODBYE,CHILDHOOD 2

2

因为支持，所以有爱
故事永不褪色，命运再起旋涡
而你我相约于此

《再见，小时候2》

叶冰伦 著

残 酷 青 春 ， 即 将 上 市

米米拉
校园爱情女王

最新潮有奖问答

Q1：有史以来**最被热议的剧情**，是什么呢？

Q2：有史以来**最有悬念又最被期待的结局**是什么呢？

Q3：有史以来无数少女期待的**非人类恋情**是什么呢？

Q4：里面有着**来自星星的全民男神**，是谁呢？

Q5：**外星人**拥有的最新潮特异功能是什么呢？

如果你的答案是：
《来自星星的你》

NO！

正确答案是：

《嗨，你来自哪颗星》
米米拉2015年力作
每个少女都不能拒绝的超凡恋情

你 就 是 其 中 的 女 主 角 ！

■ 最火爆的网游力作！

继2013年受邀代言大型3D网络游戏《仙魔变》之后，火神经典网游代表作《天下主宰》（原名：《网游之天下第一》）掀起新一轮网游小说狂潮！

■ 最强大的仙魔碎片！

震动人、神、魔三界的仙魔碎片究竟有何等威能？曾经灭杀无数强者的盖世神器到底有多么可怕？且看仙魔碎片横空出世，力败八方强敌！

■ 最激动人心的争霸之战！

势力之战，掀起全球风暴，四方豪杰，带领百万玩家鏖战，只为夺得十级虎台！争霸之战，引动八方英雄齐聚，刀光剑影，强者纷争，看谁能夺得魁首之位！

《天下主宰》（I-III） 持续热销中……

精彩连载关注
新浪微博： 天下梦官微

艾可乐

少女的爱情小巫师

一 《龙祖日记》　创作难度：30%

如果你是故事里的恶龙祖先，根据书中勇士的日记的描述，受欺
骗的恶龙写下的日记会是怎样的？
请试着写一写吧！

二 《金闪闪的告白》　创作难度：20%

金闪闪跟善良美丽的公主绫小路会继续发展下去吗？如果你来写金闪闪跟
小路告白的场景，会是怎样的呢？

三 《黑女巫的算计》　创作难度：50%

一个优秀的作者当然也会去塑造坏人。如果你来描写故事里的邪恶女巫，在她算计龙跟勇士的时候，
会有怎样的表情和心理反应呢？

★ 完成以上三题的同学，欢迎来信跟艾可乐沟通交流你的创作感想。

来信地址：湖南长沙开福区黄兴北路89号上城金都南栋21楼魅丽优品编辑部
网络地址：答题文字私信@Merry艾可乐　@魅丽优品 新浪微博

★ 只要认真答题，体现自己独特的写作才华，就有机会获得艾可乐送出的签名新书一本！

艾可乐《莲花传说·风之龙》

会融化最冰冷的心的可爱罗曼史，让笑容和眼泪一起绽放光芒的温馨童话！

《吞天决》（I－VI）

异世重生，是宿命还是偶然？

一颗神奇的石头，将孤儿陈轩从平凡上班族变成了天灵大陆陈家的当家嫡子。他以为终于摆脱了贫苦潦倒的生活，却不料这片大陆以武为尊，换了一个身份，资质平凡的陈轩竟然还是无法摆脱「废柴」的帽子。

谁说命运无法改变！既然上天让我穿越重生，我偏要逆天改命！

一部惊天功法——吞天决，让陈轩跨界晋级，昨日的「废柴」令人大跌眼镜。殊不知，天灵大陆的格局从此开始改变……

点击破亿的惊天神话

魅丽优品年度超重磅推荐，

琉璃美人煞

十四郎 著·

GLAZE BEAUTY COLOURED

『辛与千寻千般苦，一生一世一双人』

——褚璇玑&禹司凤 篇

最令人动容的爱宠竟是什么模样？在我看来，不是同生共死，也不是一见倾心，而是用一辈子的时间陪你一起长大。

——@豆瓣ID 我要养成好习惯

【初遇】

初遇没有惊鸿一瞥，有的却是他发音不标准的中原话，懵懂慵懒的她差点弄伤他养的灵兽小银花。

璇玑听他说话不甚熟练，都是三个字三个字往外蹦，想必不是中原人，于是学着他的腔调说道："因为它，是自己，爬过来。我以为，它一定，会咬我。"那人冷道："没看好，小银花，是我错。但你也，不可以，杀死它。恶女人！"

【定情】

杏花疏影，少年黑玉般的眼眸晶莹璀璨，那一瞬间她只觉得呼吸都要停了，整个世界的声音都没了，她什么也听不见。

璇玑忽然抬头定定地看着他，低声道："司凤，你……是不是……"他抬手，捻去她发间一片花瓣，轻轻说道："是的。璇玑，我喜欢你，比所有人，所有事情，都要喜欢。"

【分离】

在爱情里，爱得多的那个人总是如履薄冰。当身份谜团被揭开，她迟了一秒握住他的手，就此错过一年的朝朝暮暮。

璇玑怔怔地看他，忽然茫然地一笑，喃喃道："你骗我……司凤，你不会走的。"他说过他眼里只有她一个人，他也说过，哪怕她后悔，他也不走了。那坐，统统是撒谎吗？禹司凤沉声道："我说过很多，可是现在我做不到了。璇玑，我爱你，以后也会一直爱你，但是我已经不想再与你一起。"

【重聚】

原来她曾是战神将军，而他为她历经轮回，哪怕每一世都孤独终老，也只求与她一生一世一双人。

她忽然捂住脸，颤声道："还是说，其实你真的一点也不想见到我？那你知我说一句：褚璇玑，我烦死你了，你快给我滚。我会乖乖消失，以后再也不烦你。""傻子……"他贴着她的耳朵，柔声说着，"我等你很久了，你来得很迟，我很生气。"

侦探社的"继承者们"
《千夜星侦探社》猫小白著

招募令

要求：爱好悬疑，喜欢推理，钟爱破案

性别：不限

报名地点：千叶星学院1号侦探社

团员：4个超级美少年

你符合要求吗？

有足够的能力让美少年亲睐你吗？
能如愿以偿破解侦探社所有谜团吗？

如果以上答案都是肯定的，
请扫一扫我们的微博，加入 猫小白《千叶星侦探社》

妖精公寓代言人
人气大PK

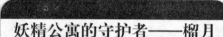

妖精公寓的继承人——七日晴

工作职能： 帮助滞留在人间的迷失妖精们回家，或者监督通过妖精之门来到人间办事的妖精们按照妖精规则行事。

特异功能： 看到妖精以及跟妖精沟通；跟妖精身体接触时间够长，就能读到妖精过往的记忆。

最开心的事： 妖精们给她亮闪闪的报酬。

最不喜欢的事： 妖精们给的报酬不是她想要的……

妖精公寓的守护者——榴月

工作职能： 等待着妖精公寓的新主人上门，然后辅助妖精公寓的继承人工作。

特异功能： 对自己的能力很有自信，喜欢用强大的能力威慑坏妖精和不听话的妖精。

喜欢的事情： 把七日晴耍得团团转，然后看她生气的样子；教训不听话的妖精；在院子里养花种草……

最不喜欢的事情： 被七日晴讽刺他是老古董妖精，并且猜测他的本体是孔雀妖……

选出你最喜欢的妖精公寓代言人，
登录新浪微博@merry七日晴 @魅丽优品，
说出你的评选理由，

你将有机会赢取七日晴最新作品
《守候·妖之国》一套三册哦！

一场意外，让一个年轻的生命戛然而止。
当真相暴露，现实如刃，梦想、友情、爱情都变得支离破碎，
她们的青春还剩下什么？

小时候，

觉得自己无所不能，

妄想自己长大后可以改变世界。

长大后，

发现自己一无所能，

恳求世界不要改变我们。

西小洛看似轻松、实则心酸的文字，

书写怀揣着爱与伤痛的女生蜕变的秘籍，

也是你我匆匆那年的青春。

西 小 洛 2015 年 重 磅 力 作

后来
WHAT DO WE
LEFT AT
L A S T
我们还剩下什么

献给这个不安的浮躁社会里尚未丢弃理想的人们！